오!사랑

사랑의 명상

오! 사랑

박충범 · 강준만 지음

Preface

내 님을 그리워하여 우니다니

산 접동새 난 이슷하요이다

아니시며 거츠르신달 아으

잔월효성이 알으시리이다

......

님이 나를 하마 잊으시니잇가?

아소 님하, 도람 드르샤 괴오소서

고교 시절에 배운 「정과정」이라는 고려가요로, 잘 알려진 대로 간신배의 거짓말에 유배 간 신하가

임금님을 그리는 절절한 심정을 연인에 대한 열렬한 애정에 빗대 표현한 시다.

그 오래전에도 이런 표현을 했던 것이다.

어느 날 오랜 친구 강 교수가 전화를 걸어오더니,

내 홈페이지에 흘러나오는 로베타 플랙의 노래를 들어보란다.

The first time ever I saw your face, I thought the sun rose in your faces.

그리고 물었다. 아내와 연애할 때 정말 그녀의 눈에서 태양이 뜨는 것으로 느꼈느냐고.

그리하여 홈페이지에 번역해둔 팝송 가사와 사진을 소재로 책을 만드는 기회가 생겼다.

지난 10년 동안 찍은 사진, 그리고 내 위안을 위해 번역한 가사들이

강 교수의 수려한 필체로 살아나

여러분에게 아름다운 향기와 맛을 전해주기를 바란다.

Memories, pressed between the pages of my mind

Memories, sweetened thru the ages just like wine

내 마음의 페이지 사이에 새겨진 추억들

세월이 지나면서 감미로워지는 포도주처럼 아름다운 추억들처럼

박충범

1970년대가 시작하는 해에 고교생이 된 우리는

지금도 그 시절의 꿈과 낭만을 지니고 있다.

돌이켜보면, 박충범은 고교 시절부터 이상한 녀석이었다.

나는 문과에 그는 이과였는데, 충범은 문과 아니 예술이 더 어울려

미대나 음대에 들어간다 해도 결코 놀라지 않았으리라.

그러나 물리학과에 진학한 충범은 미국에 유학을 가

물리학과 전자공학으로 석·박사 학위를 받고서 대학교수로 일했다.

그러다 예술가적 기질에 따라 자유로운 컨설턴트의 길을 걸으면서 세계 곳곳을 누비고 다닌다.

교환교수로 미국에 가고자 했을 때 내 선택은 두말할 필요 없이 충범이 사는 콜로라도 덴버였다.

가까운 곳에 자리 잡아 옛 시절처럼 자주 어울리다 새삼 놀란 건

충범이 결코 예술을 포기한 게 아니라는 사실이었다.

그의 홈페이지에는 직접 찍은 풍경 사진 수만 점과 그린 그림,

좋아하는 팝송 수천 곡이 빼곡했다.

책 내는 게 취미(?)인 내가 그걸 어찌 방치할 수 있겠는가.

우리 우정을 기념하는 뜻으로 그 예술 활동을

책으로 같이 내보자 유혹했고, 결국 그는 넘어오고 말았다.

영화와 팝송, 책 등을 통해 사랑의 이론에 밝고 사랑의 감수성에 뛰어나던

우리 공통점을 살려보기로 한 것이다.

주책이라 한들 무슨 상관이랴.

우리는 결코 그 시절의 동심에서 해방되고 싶은 생각이 없다.

문장은 주로 충범이 수집 번역해온 팝송 가사에서 가져왔고,

명상을 위해 풍경 사진 가운데서 베스트를 골랐다.

해설에서 좀 더 많은 몫을 했다는 이유로 내가 공동 저자의 지위를 누리게 되었다.

무슨 말이 더 필요할까. 여러분을 감히 초대해본다.

강준만

가장 아름답거나 소중한 것은 보이거나 만져지지 않는다.
다만 가슴으로 느낄 수 있을 뿐이다.

· 헬렌 켈러 ·

당신의 얼굴을 처음 보았을 때

The first time ever I saw your face
I thought the sun rose in your eyes
And the moon and the stars were the gift you gave
to the dark and the end of the skies

내가 당신의 얼굴을 처음 보았을 때
나는 태양이 당신의 눈에서 뜨는 줄로 생각했어요
그리고 달과 별을 당신이 준 선물로
어둠과 하늘의 끝에 준 선물로요

로베타 플랙의 〈The First Time Ever I Saw Your Face〉

사랑은 본능이다. 그렇지 않다면 어떻게 그 얼굴을 처음 보았을 때 태양이 그 눈에서 뜨는 줄로 생각할 수 있을까. 사랑에 빠진 이들은 한결같이 '첫눈에 반했다'고 말한다. 남녀의 데이트 행태를 분석했더니 대부분 첫 3초 동안에 얻은 정보를 바탕으로 교제 여부를 결정한다고 한다. 그렇다면 사랑은 생물학의 영역일까? 처음 만난 상황과 그 얼굴을 받쳐준 차림새는 정녕 아무 영향을 미치지 못했는가? 모를 일이다. 생물학과 사회학 사이의 갈등, 이는 모든 사랑의 영원한 속성이다.

 맹목

Love is blind.

사랑은 눈을 멀게 한다. (셰익스피어)

왜 사랑은 눈을 멀게 하는가? 영국 유니버시티 칼리지 런던의 교수 세미르 제키는 2005년 사랑에 빠진 사람들의 뇌를 단층 촬영해 사랑에 빠지면 눈이 먼다는 속설을 입증했다. 연구에 따르면 비판적 기능을 담당하는 부분의 두뇌 활동이 정지됐으며 상대방의 결함이 보이지 않고 부정적인 감정도 생기지 않았다. 그래서일까? 대인관계 상담전문가 필립 호드슨은 "사랑하면 눈이 먼다. 그래서 사랑에 빠졌을 때는 중요 결정을 미뤄야 한다"고 조언했다. 그냥 죽을 때까지 사랑하면서 비판적 기능을 담당하는 부분의 두뇌 활동을 정지시키면 안 되는 것인가?

3 어느 소녀에게 바친 사랑

And it's all for the love
of a dear little girl
All for the love
that sets your heart in a whirl
I'm a man who'd give his life
and the joy of this world
All for the love of a girl

어느 한 소녀에게 바친
나의 모든 사랑이에요
마음을 소용돌이치게 하는
그런 사랑이에요
내 사랑을 모두 바친 그 소녀에게
세상의 모든 기쁨과 내 목숨도
나는 바칠 수 있어요

자니 호튼의 〈All for the Love of a Girl〉

어느 소녀에게 마음을 빼앗겨보지 않은 이가 얼마나 있으랴. 애타는 마음을 표현하기 위해선 반드시 소녀여야만 한다. 결혼 같은 현실과는 너무도 동떨어진 존재. 손에 잡히지 않는 안개와 같은 존재. 사랑의 담론에 등장하는 소녀는 늘 미지의 인물로 이별을 암시한다. 길버트 체스터튼은 "사랑하기 전에 사랑의 대상을 잃을 수 있다는 걸 인식하라"고 했지만, 마치 태어나기 전에 죽게 돼 있다는 걸 인식하라는 말처럼 황당하지 않은가. 상실이 기다린다 해서 소녀를 사랑하는 걸 두려워할까.

4 당신을 그토록 사랑해요

And I love you so
The people ask me how
How I've lived till now
I tell them I don't know

I guess they understand
How lonely life has been
But life began again
The day you took my hand

나는 당신을 그토록 사랑해요
사람들은 나에게 물어요
지금까지 어떻게 살아왔느냐고요
나는 그들에게 모른다고 말해요

나는 그들이 이해할 거라고 생각해요
얼마나 내 인생이 외로웠는지
그러나 내 인생은 다시 시작되었어요
당신이 내 손을 잡은 그날부터요

돈 맥클린의 〈And I Love You So〉

작가 아만다 크로스는 "로맨스는 일상의 먼지를 금빛 아지랑이로 바꾸는 마법"이라고 했다. 돈 맥클린은 그 마법을 노래로 증명한다. 그녀가 자신의 인생을 다시 시작하게 만들어주다니, 이게 마법이 아니고 무엇이랴. 아, 누구에게든 그런 경험이 있지 않을까. 사랑하는 이의 손을 처음 잡은 순간 이 세상이 내 것 같고 마음먹은 무슨 일이든 할 수 있을 것 같던 순간 말이다. 그런 순간을 영속시킬 수는 없는 걸까?

5

내 사랑, 내 행복을
알리고 싶어요

Who could believe that I could be happy and contented
I used to think that happiness hadn't been invented
But that was in the bad old days before I met you
When I let you walk into my heart

Congratulations and celebrations
When I tell everyone that you're in love with me
Congratulations and jubilations
I want the world to know I'm happy as can be.

내가 만족하고 행복하다는 것을 누가 믿겠어요
나는 행복이 만들어지는 것이 아니라고 생각했어요
그러나 그건 내가 당신을 만나기 전 아주 안 좋던 시절이죠
내가 당신을 내 마음속에 들어오게 하면

축하해요, 축하해요
당신이 나를 사랑한다는 것을 내가 모든 사람에게 말하면
축하해요, 축하해요
내가 아주 행복하다는 것을 이 세상이 알기를 나는 원해요

클리프 리처드의 〈Congratulations〉

사랑은 축하하거나 받을 일이다. 행복과 거리가 먼 삶을 산 사람이 사랑으로 행복을 누리게 되었다면 이 어찌 축하할 일이 아니랴. 그럼에도 자신이 아주 행복하다는 것을 이 세상이 알기를 원한다며 떠들고 다니는 클리프 리처드의 자세엔 짚어볼 점이 있다. 세상이 알건 모르건 행복을 느끼고 즐길 줄 알아야 하지 않을까?

6 나이가 무슨 상관인가요

I'm so young and you're so old
This my darling I've been told
I don't care just what they say
'Cause forever I'll pray
You and I will be as free as the birds up in the trees
Oh~ please, stay by me, Diana~

나는 너무 어리고 당신은 너무 늙었다고
사람들이 말해요. 그대여
나는 사람들 말에 상관없어요
왜냐하면 나는 영원히 기도할 거니까요
당신과 나는 나무에 있는 새처럼 자유로울 거예요
오~ 제발 내 곁에 있어줘요 다이애나~

폴 앵카의 〈Diana〉

캐나다 가수 폴 앵카가 이 노래로 데뷔한 것은 그의 나이 16세 때인 1957년. 16살짜리 사내가 사랑을 하려니 아무래도 연상의 여인과 만날 가능성이 높지 않겠는가. "나이는 감정의 문제일 뿐 세월의 문제는 아니다"라고 한다. 나이는 숫자에 불과하다는 말도 있다. 너무 늙었다는 말까지 듣는 연상의 여인을 사랑하게 된 앵카가 되뇌고 싶은 말이겠다. 그러나 나이는 못 속인다는 말도 있으니, 오버할 일은 아니다. 그저 이팔청춘이 부러울 따름.

7 당신은 내가 숨 쉬는 모든 숨이에요

My love, there's only you in my life,
The only thing that's right;
My first love,
You're every breath that I take;
You're every step I make.

내 사랑, 내 인생에 오로지 당신뿐이에요
유일하게 옳은 것
나의 첫사랑
당신은 내가 숨 쉬는 모든 숨이에요
당신은 내가 걸어가는 모든 발걸음이에요

다이애나 로스, 라이오넬 리치의 〈Endless Love〉

당신은 내가 숨 쉬는 모든 숨이고 내가 걸어가는 모든 발걸음이라니, 좀 심하다. 첫사랑이 영원한 사랑이 되는 법은 드물다는데, 연애와 결혼을 당당히 분리해 말하는 최근 세태가 오히려 영원한 사랑을 꿈꾸게 만드는 건 아닐까? 〈겨울연가〉의 누군가가 말하지 않았던가? "하지만 제 첫사랑이 저를 다시 부르면 어떡하죠?" 낯간지럽고 당하는 입장에선 온몸을 부르르 떨 배신 멘트지만, 전율을 잃어버린 현대인에게 뜨겁고 격렬한 사랑은 반드시 창조되어야만 할 그 무엇이리라.

8 사랑한다는 말이 안 나와요

I love you, I love you, I love you
Yes, I do-o-o
I love you, I love you, I love you
Yes, I do but the words won't come
And I don't know what to say

당신을 사랑해요, 사랑해요, 사랑해요
예, 사랑해요
당신을 사랑해요, 사랑해요, 사랑해요
예, 사랑해요, 그러나 말이 안 나와요
그리고 난 무슨 말을 해야 할지 모르겠어요

피플의 〈I Love You〉

참으로 이색적인 노래다. 수없는 사랑 노래들이 감정을 표현하기 위해 과장법을 총동원하는데, 이 노래는 사랑한다는 말조차 할 수 없다는 걸 지겨울 정도로 반복해서 말하니 말이다. 어쩌면 이게 보통 사람들의 현실에 더 가까운 게 아닐까. 앨버트 허바드는 '당신의 침묵을 이해하지 못하는 사람은 당신의 말도 이해 못할 가능성이 높다'고 했다. 이 말을 믿어야 할까? 그래서인지 이 노래는 들으면 들을수록 꼭 말을 해야만 내 사랑을 알 수 있겠느냐는 항변처럼 들린다.

내가 당신에게 빚을 졌어요

But I owe you the sun light in the morning
And the nights of all this loving
That time can't take away
And I owe you more than life now more than ever
I know that it's the sweetest debt
I'll ever have to pay

그러나 내가 당신에게 빚을 졌어요, 아침의 햇빛과
시간이 빼앗아갈 수 없는 모든 사랑스런 밤을
나는 당신에게 빚지고 있어요
생명보다 더한 것을 이전보다 더욱 당신에게 빚지고 있어요
그것이 내가 당신에게 영원히 갚아야 할
가장 감미로운 빚이라는 것을 나는 알아요

캐리 앤드 론의 《I. O. U》

'사랑은 원원게임이다.' 진부한 말 같지만, 이 말은 이 노래에 이르러 빛을 발한다. 사랑하는 남녀가 서로 빚졌다고 주장하니 이 얼마나 아름다운 실랑이인가. 남녀가 이별하는 장면에서 둘 다 채권자 노릇을 하려 드는 건 볼썽사납다. 헤어질 때 헤어지더라도 이들처럼 서로 채무자 노릇을 하려고 들어야 하는 게 아닐까?

10 부드럽게 날 사랑해주세요

Love me tender, love me sweet
Never let me go
You have made my life complete
And I love you so

Love me tender, love me true
All my dreams fulfill
For my darling I love you
And I always will

부드럽게, 달콤하게 날 사랑해주세요
날 떠나지 마세요
당신은 내 인생을 완성시켰어요
그리고 나는 그토록 당신을 사랑해요

부드럽게, 진실하게 날 사랑해주세요
내 모든 꿈을 이루게 해주세요
내 사랑, 나는 당신을 사랑해요
그리고 영원히 사랑할 거예요

엘비스 프레슬리의 〈Love Me Tender〉

자신을 부드럽게 사랑해 달라는 메시지 때문일까? 엘비스의 노래치곤 너무도 부드러워 어색하기까지 한다. 오늘밤의 욕정을 정당화하는 노래를 하던 그가 사랑으로 인한 인생의 완성을 말하다니, 이게 웬일인가. 괴테의 말을 고스란히 보여주고자 하는 것인가? "우리는 우리가 사랑하는 것에 의해 형성되고 변형된다."

11 나의 두 눈은 크게 뜨였어요

Oh my love for the first time in my life
My eyes are wide open
Oh my love for the first time in my life
My eyes can see.(My mind can feel.)

I see the wind, oh I see the trees
Everything is clearer in my heart
I see the clouds, oh I see the sky
Everything is clearer in our world.

오, 나의 사랑, 내 인생에서 처음이죠
나의 두 눈은 크게 뜨였어요
오, 나의 사랑, 내 인생에서 처음이죠
나의 두 눈은 볼 수 있어요 (나의 마음은 느껴요)

나는 바람을 보고, 오, 나는 나무를 봐요
내 마음에 모든 것이 더욱 명백해졌어요
나는 구름을 보고, 오 나는 하늘을 봐요
우리들의 세상에 모든 것이 더욱 명백해졌어요

존 레논의 〈Oh My Love〉

나의 두 눈을 크게 뜨이게 하는 사랑이여. 사랑을 해본 사람은 그게 무슨 말인지 이해한다. 바람, 나무, 구름, 하늘이 다시 보이고 이 세상 모든 것이 더욱 명백해지는 순간, 인생과 사랑이 결합하는 환희를 경험한다. '인생은 느끼는 사람에겐 비극이요, 생각하는 사람에겐 희극' 이라지만, 사랑은 느낌이 비극으로 끝나지 않을 수 있는 길을 열어준다.

12 그 오래된 참나무에 리본을 묶어주세요

Oh tie a yellow ribbon
'round the ole oak tree
It's been three long years
Do ya still want me?
If I don't see a ribbon
'round the ole oak tree
I'll stay on the bus,
forget about us
Put the blame on me
If I don't see a yellow ribbon
'round the ole oak tree

오, 노란 리본을 묶어놓으세요
그 오래된 참나무에요
3년이란 긴 세월이었지요
아직도 당신은 날 원하나요
만일 내가 그 오래된 참나무에
노란 리본을 못 본다면
나는 그대로 버스에 남아
우리 관계를 잊겠어요
모든 비난을 내게 하세요
만일 내가 그 오래된 참나무에
노란 리본을 못 본다면

토니 올랜도 앤 돈의
⟨Tie a Yellow Ribbon 'Round the Ole Oak Tree⟩

1973년에 발표되어 4주간 1위로 히트했던 이 곡은 한 편의 영화를 보는 것 같은 내용이다. 3년의 형기를 마치고 고향으로 돌아가는 한 남자가 사랑하는 여인에게 편지를 써서 아직도 자신을 사랑하면, 그 증표로 마을에 있는 오래된 참나무에 노란 리본을 하나 묶어두라고 한다. 그는 고향으로 가는 버스 안에서 사람들에게 자기 사연을 들려주고 대신 확인을 부탁한다. 마을에 이르자 버스 안은 환성으로 가득찬다. 마을 어귀에는 100개의 노란 리본이 흩날리는 참나무가 서 있던 것이다.

13

당신은 나를 이 세상 정상에 올려놓아요

I'm on the top of the world lookin'
Down on creation and the only explanation I can find
Is the love that I've found
Ever since you've been around
Your love's put me at the top of the world

나는 이 세상 정상에서 아래를 내려다보아요
창조물을 보아요, 그리고 내가 발견하는 유일한 설명은
내가 찾은 사랑이에요
당신이 내 곁에 있어온 이후로 지금까지
당신의 사랑은 나를 이 세상 정상에 올려놓아요

카펜터스의 〈Top of the World〉

프랑스의 철학자 볼테르는 "사랑은 신에 의해 제공되고 인간의 상상력에 의해 꾸며지는 캔버스"라고 했는데, 카펜터스가 그린 그림이 그 야말로 장관이다. "당신의 사랑은 나를 이 세상 정상에 올려놓아요." 무얼 더 바라리.

내가 살아갈 희망을 주고 내 인생을 밝혀주었다니, 사랑은 종교인가? 독일 사회학자 울리히 벡과 엘리자베트 벡-게른샤임은 『사랑은 지독한 그러나 너무나 정상적인 혼란』에서 사랑을 근대산업사회의 파행으로 인해 나타난 '위험사회'를 견뎌낼 수 있는 심리적 안정제로 보았다. 그들은 "사랑과 종교는 모두 일상의 고통에서 빠져나와 일상성에 새로운 아우라(aura)를 줄 수 있다"고 했다. 아무래도 사랑은 종교인 것 같다.

당신은 내 인생을 밝혀주었어요

So many nights I'd sit by my window
Waiting for someone to sing me his song
So many dreams I kept deep inside me
Alone in the dark but now you've come along.

And you light up my life
You give me hope to carry on
You light up my days and fill my nights with song.

너무 많은 날들을 나는 창가에 앉아 지내곤 했어요
누군가 그의 노래를 내게 들려주길 기다리면서요
너무 많은 꿈들을 내 마음속에 간직했어요
어둠 속에 홀로요, 하지만 지금은 당신이 같이 있어요

그리고 당신은 나의 인생을 밝혀주었어요
당신은 내가 살아갈 희망을 주었어요
당신은 나의 낮을 빛나게 하고 밤을 노래로 채워주었어요

데비 분의 〈You Light Up My Life〉

당신은 나의 모든 것이에요

You are the answer to my lonely prayer
You are an angel from above.
I was so lonely till you came to me
With the wonder of your love.
I don't know how I ever lived before,
You are my life, my destiny.
Oh my darling, I love you so
You mean everything to me.

당신은 나의 외로운 기도에 대한 대답이에요
당신은 하늘 위에서 온 천사예요
놀라운 사랑을 가지고 당신이 내게 올 때까지
나는 너무 외로웠어요
내가 전에 어떻게 살았는지 나는 몰라요
당신은 나의 인생이며 나의 운명이에요
오, 나의 사랑, 나는 당신을 그렇게 사랑해요
당신은 나의 모든 것이에요

닐 세다카의 〈You Mean Everything To Me〉

당신은 나의 모든 것이라니, 너무 뜨겁다. 열을 좀 식히자. 에리히 프롬은 『사랑의 기술』에서 성숙하지 못한 사랑은 '나는 사랑받기 때문에 사랑한다' '그대가 필요하기 때문에 나는 그대를 사랑한다' 는 것이지만, 성숙한 사랑은 '나는 사랑하기 때문에 사랑받는다' '그대를 사랑하기 때문에 나에게는 그대가 필요하다' 는 것이라고 주장했다. 과연 사랑과 필요의 선후를 구분할 수 있을까? 정략적 사랑이 아닌 다음에야 사랑과 필요를 무슨 수로 구분할 수 있을까? 내가 전에 어떻게 살았는지 모르겠다며 떠나지 말라고 절규하는 닐 세다카의 애절한 호소 앞에선 프롬이 냉혈한이 되고야 만다.

나는 당신이 믿기지 않아요

And I can't believe it's you
I can't believe it's true
I needed you and you were there
And I'll never leave
Why should I leave? I'd be a fool
'Cause I've finally found
someone who really cares

그리고 나는 그런 당신이 믿기지 않아요
나는 지금 일들이 사실이라는 걸 믿을 수 없어요
내가 당신을 원하면 당신은 항상 곁에 있었어요
그리고 나는 절대로 떠나지 않을 거예요
왜 내가 떠나요? 내가 바보인가요?
왜냐하면 마침내 알았으니까요
누군가 진실로 나를 사랑한다는 것을요

앤 머레이의 〈You Needed Me〉

이 노래는 사랑의 본질과 정체를 탐구한 한 편의 논문 같다. 사랑이란 과연 무엇인가? 누가 감히 사랑을 정의할 수 있을까? 프랑스 철학자 롤랑 바르트는 사랑은 동어반복이라며 "사랑스러운 것이 사랑스러운 것이다. 다시 말해 나는 당신이 사랑스럽기 때문에 사랑한다. 나는 당신을 사랑하기 때문에 당신을 사랑한다"고 언어의 무능에 대한 허탈감을 토로하지 않았던가. 그러나 뭐 그리 어렵게 생각할 게 있을까? 울면 눈물을 닦아주고, 추켜세워 존경해주고, 내게 힘을 주고, 나를 위한다면, 바로 그게 사랑이 아니겠느냐는 앤 머레이의 깨달음이 가슴에 와 닿지 않는가.

17 이 순간부터 인생이 시작되었어요

From this moment life has begun
From this moment you are the one
Right beside you is where I belong
From this moment on

From this moment I have been blessed
I live only for your happiness
And for your love,
I'd give my last breath
From this moment on

이 순간부터 인생이 시작되었어요
이 순간부터 당신은 유일한 내 사랑이에요
내가 있어야 할 곳은 바로 당신 곁이에요
이 순간부터요

이 순간부터 나는 축복을 받았어요
나는 오로지 당신의 행복과
당신의 사랑만을 위해 살겠어요
나의 마지막 숨을 당신에게 줄 거예요
이 순간부터요

샤니아 트웨인의 〈From This Moment On〉

결혼 서약문을 방불케 하는 이 노래는 '이 순간부터'를 너무 강조해대는 통에 과연 이 사랑이 오래 갈 것인지 믿음이 잘 가
질 않는다. 이 순간부터 자신의 인생이 시작되었다니 사랑받는 이의 부담도 만만치 않을 것 같다. 그럼에도 마지막 숨까지
주겠다는데, 어찌 그런 회의의 시선을 던질 수 있으랴. 순간이 영원하기를 바랄밖에.

18 내가 전화를 한 이유를 아세요

No April rain
No flower bloom
No wedding Saturday within the month of June
But what it is, is something true
Made up of these three words
That I must say to you

I just called to say I love you
I just called to say how much I care
I just called to say I love you
And I mean it from the bottom of my heart

4월의 봄비가 내리는 것도 아니에요
꽃이 활짝 피는 것도 아니에요
6월의 토요일 결혼식 날도 아니에요
그러나 무언가 진실된 거에요
그것은 내가 당신에게 반드시 말해야만 하는
이 세 단어들이에요

그저 당신을 사랑한다고 말하려고 전화했어요
그저 당신을 내가 얼마나 아끼는지 말하려고 전화했어요
그저 당신을 사랑한다고 말하려고 전화했어요
정말이에요, 내 마음 깊은 곳에서 나오는 진실이에요

스티비 원더의 〈I Just Called To Say I Love You〉

I love you. 이 세 단어를 붙여서 말하는 게 무어 그리 힘들단 말인가. 그러나 사랑에 빠진 사람들에겐 그렇게 힘든 말이 없다. 이 노래도 그래서 나왔으리라. 좀 더 쉽게 말하려고 전화를 했겠지만, 까딱 잘못하면 안부 인사 주고받다가 그걸로 끝내버릴 수가 있다. 사랑한다는 말도 못한 채.

19 알고 싶지 않아요

Oh how many arms have held you
And hated to let you go
How many, oh how many, I wonder
But I really don't want, I don't wanna know

Oh how many lips have kissed you
And set, set your soul aglow, yes they did
How many, oh how many, I wonder, yes I do
But I really don't want to know

얼마나 많은 사람들이 당신을 붙잡고
당신을 보내길 싫어했나요
얼마나, 얼마나 많이, 나는 궁금해요
하지만 난 정말로 알고 싶지 않아요, 알고 싶지 않아요

얼마나 많은 사람들이 당신에게 키스하고
당신의 영혼을 달아오르게 하였나요, 그들은 그랬어요
얼마나, 얼마나 많이, 나는 궁금해요, 예 그래요
하지만 나는 나는 정말로 알고 싶지 않아요

엘비스 프레슬리의 〈I Really Don't Want to Know〉

결코 허황되거나 과장되지 않은, 매우 현실적인 사랑 노래다. 사랑하는 여인의 과거를 알고 싶지 않다니, 관대한 것인가?
그게 아니다. 모든 남성이 갖고 있는 독점 본능을 스스로 자극하지 않기 위해서다. 당신에게 물을지라도 고백하지 말라니,
아무래도 무슨 일이 일어날 것만 같다.

20

아니, 당신은 알아야만 해요

How many arms have held me
And hated to let me go.
How many I'll tell you the answer
'Cause I really want you to know.

Other arms have held me,
And others have kissed me too.
But now they have all been forgotten,
Since the day that I learnt to love you.

얼마나 많은 사람들의 팔이 나를 붙잡고
나를 떠나가게 하길 싫어했는지
얼마나 많은지 내가 당신에게 답할게요
왜냐하면 나는 정말로 당신이 알기 원하니까요

다른 사람들의 팔이 나를 안았고
다른 사람들 역시 내게 키스했어요
하지만 이제 그들은 모두 잊었어요
내가 당신에게 사랑을 배운 날부터요

스키터 데이비스의 〈I Really Want You to Know〉

앞 노래에 대한 답가다. 여자의 과거는 그렇게까지 논쟁의 대상이 되는 반면, 남자의 과거는 일종의 고백 게임이 된다. 이승재는 남자가 바람을 피워 신경정신과를 찾은 위기의 부부 중 80퍼센트는 아내가 어림잡아 물어보거나 심지어 묻지 않았는데도 남편이 순순히 고백한 케이스라며, 알고 보면 남자는 '고백의 동물'이라고 주장했다. "이는 남자의 무의식 속에 자리 잡은 '의존성' 때문이다. 어린이가 엄마의 관심과 사랑을 받기 위해 일부러 나쁜 짓을 저지르는 것처럼, 남자들은 '나 바람 피웠어. 나쁜 짓 했어. 그래도 당신은 날 사랑해줄 거지?' 하며 아내에게 기대는 동시에 아내의 사랑이 어디까지인지 시험해보려는 충동을 갖고 있는 것."

빈털터리의 애절한 사랑 노래인가? 그저 톰 존스의 음색 중심으로 감상하자면 그런 것 같은데 가사 내용을 잘
음미해보면 이만저만 딱한 사내가 아니라는 생각마저 든다. 유리창에 코 박고 그녀를 바라만 볼 수 있을 뿐이
라는데, 사랑 이전에 경제적 자립을 하라는 말을 해주고 싶어진다. '돈은 전쟁뿐만 아니라 사랑의 동력이다' 라
는 속물적 세태를 긍정할 뜻은 전혀 없지만, 빈털터리 상태에서 '사랑' 이라는 한마디로 거저먹겠다는 것에도
동의하기 어려워진다. 물론 이 사람이 돈 이외에 다른 무슨 비장의 카드가 있으리라는 걸 믿고 싶지만 말이다.

빈털터리는 사랑할 수 없나요

I, I who have nothing
I, I who have no one
Must watch you go dancing by
Wrapped in the arms of somebody else when, darling, it's I
Who loves you

I love you
I love you
I love you

나, 아무것도 없는 나는
아무도 없는 나는
당신이 다른 사람의 품에 안겨 춤추며 지나가는 걸
그저 바라보아야 해요, 그대여
당신을 사랑하는 사람이 바로 나인데요

당신을 사랑해요
당신을 사랑해요
나는 당신을 사랑해요

톰 존스의 〈I Who Have Nothing〉

22 당신은 나의 세계예요

You're my world, you're every breath I take
You're my world, you're every move I make
Other eyes see the stars up in the sky
But for me they shine within your eyes

당신은 나의 세계예요, 내가 쉬는 모든 숨이에요
당신은 나의 세계예요, 당신은 나의 모든 움직임이에요
다른 사람들의 눈은 하늘의 별을 보아요
하지만 내게는 별들이 당신의 눈에서 빛나는 거예요

헬렌 레디의 〈You Are My World〉

과장법을 총집결시켜놓은 것 같은 가사지만, 본인이 그렇게 느낀다는 걸 어쩌하랴. 사랑의 신비나 낭만성 예찬에 인색하거니와 사랑의 과장법에 냉소를 보내는 사람들은 사랑을 자꾸 '개인'에서 '공동체'로 끌고 가려 한다. 이탈리아 좌파 운동가인 안토니오 네그리는 "사랑은 남녀 한 쌍이나 가족 속에 가두어지는 그 무엇일 수 없다. 그것은 더 넓은 공동체를 향해 열리는 그 무엇이어야만 한다"며 "나는, 사랑은 고유하고 사적인 것을 공동적인 것으로 변형하기 위한 근본적 열쇠라고 생각한다"고 주장했다. 더할 나위 없이 아름다운 말이지만, 그렇게 공동체를 향해 열린 사랑에선 당신은 내가 쉬는 모든 숨이며 나의 세계라고 외치는 소리는 영원히 들을 수 없을 것이다.

23

눈을 당신에게서 뗄 수가 없어요

당신이 좋아서 진짜라 믿기 힘들어요
내 눈을 당신에게서 뗄 수가 없어요
만지고 싶은 천국 같은 당신
당신을 아주 많이 안고 싶어요

마침내 사랑이 도착했어요
내가 살아 있는 걸 신에게 감사해요
당신이 너무 좋아서 진짜라 믿기 힘들어요
눈을 당신에게서 뗄 수가 없어요

잉글버트 험퍼딩크의 〈Can't Take My Eyes Off You〉

남자가 여자를 뚫어지게 응시하는 걸 용서하는 정도는 나라마다 크게 다르다. 지중해 연안 나라들은 타인을 많이 응시하는 것으로 유명하다. 특히 이탈리아 남성의 악명(?)이 높다. 피터 콜릿의 『습관의 역사』에 따르면, "매력적인 이탈리아 미혼 여성이 남성으로부터 원치 않는 시선을 받을 경우, 그녀가 할 수 있는 일은 거의 없다. 그녀가 취할 수 있는 유일한 행동은 그들과 맞서 응시하지 않고 무관심한 태도를 보이는 것이다. 이탈리아 소녀들은 아주 어렸을 때부터 무관심한 태도를 발전시키고, 더 이상 필요 없어질 때까지 그런 태도를 유지한다."

You're just too good to be true
Can't take my eyes off you
You'd be like heaven to touch
I wanna hold you so much

At long last love has arrived
And I thank God I'm alive
You're just too good to be true
Can't take my eyes off you

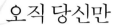 # 오직 당신만

Only you can make this change in me,
for it's true, you are my destiny.
When you hold my hand,
I understand the magic that you do.

You're my dream come true,
my one and only you.
One and only you.

오직 당신만이 내 마음속을 바꿀 수 있어요
왜냐하면 그게 진실이기 때문이죠, 당신은 나의 운명이에요
당신이 내 손을 잡을 때에
나는 당신이 하는 마법을 이해할 수 있어요

당신은 실현시킬 나의 꿈이에요
나의 하나뿐인 당신이여
하나뿐인 오직 당신

플래터스의 〈Only You〉

사랑이 종교라면 그건 당신만을 유일신으로 모시는 종교다. 유일신 종교는 다른 신을 허용하지도 용납하지도 않기 때문에 폭력적일 수밖에 없다. 마찬가지로 사랑도 폭력적이다. 꼭 주먹을 써야 폭력적인 게 아니다. 당신 이외의 다른 신을 섬겼을 때에 빚어지는 고통과 혼란을 생각해보라. '오직 당신만'을 말과 행동으로 실천할지어다.

당신은 나의 운명이에요

You are my destiny	당신은 나의 운명이에요
You share my reverie	당신은 나의 환상을 나눠요
You are my happiness	당신이 나의 행복이에요
That's what you are	그게 바로 당신이에요
You have my sweet caress	당신을 감미롭게 어루만져요
You share my loneliness	당신은 나의 외로움을 나눠요
You are my dream come true	당신은 내가 꿈꿔오던 그대로예요
That's what you are	그게 바로 당신이에요

폴 앵카의 〈You Are My Destiny〉

독설가 앰브로스 비어스는 "운명은 범죄를 저지를 수 있는 폭군의 권한이며 실패를 정당화하는 바보의 변명"
이라고 했는데, 사랑의 운명이라는 것도 과연 그런 심리적 정당화 기제에 지나지 않는 것일까? 단 하나의 운명
만 갖고 살아갈 수 있기를 빌어보는 건 어떨까?

그 게임의 이름이
무엇인가요

And you make me talk
And you make me feel
And you make me show
What I'm trying to conceal
If I trust in you, would you let me down?
Would you laugh at me, if I said I care for you?
Could you feel the same way too?
I wanna know.
The name of the game

당신은 내가 말하게 해요
내가 느끼게 해요
내가 보여주게 해요
내가 감추려 하는 것을
내가 만일 당신을 믿는다면, 당신은 날 실망시킬 건가요
날 웃음거리로 볼 건가요? 내가 당신을 좋아한다 말하면
당신도 같은 방식으로 느끼나요
난 알고 싶어요
게임의 이름을

아바의 〈The Name of the Game〉

사랑은 게임이다. 이 말은 사랑에 대한 모독인가? 그럴지도. 그러나 사랑에 빠진 이들은 모두
다 알고 있다. 밀고 당기는 전략과 전술이 필요하다는 것을. 내가 이렇게 하면 저 사람은 어떻
게 나올까? 혹 크게 실망하거나 좌절하는 건 아닐까? 이 사람은 무슨 생각을 할까? 그 머릿속
에 들어가볼 수는 없는 걸까? 카드게임을 하는 사람의 머릿속과 다를 게 없다. 사랑이라는 게
임이 카드게임과 다른 게 있다면, 그건 '위대한 게임' 이라는 점.

27
왜 뜨거운 사랑은 빨리 식는가

Hot love is soon cold.

뜨거운 사랑은 빨리 식는 법이다. (속담)

사람을 가장 매혹케 하는 사랑은 열정이다. 열정의 정체가 무엇일까? 하나는 '눈덩이 효과'처럼 열정이 더 많은 열정을 불러들인다고도 하고, 또 약물중독과 비슷한 것으로 보기도 한다. 그러나 프랑스의 문호 스탕달은 열정이란, 상대방의 현실적 모습이 아니라 가상적인 완벽한 이미지에 대한 사랑의 산물이며, 열정의 근본 요소는 흔히 생각하듯이 성적인 것이기보다는 지적 호기심에 있다고 보았다. 철학자 김영민은 "어차피 열정이란, 그 속성상 휘발하게 된다"며 이렇게 말한다. "건기에는 우기의 녹색을 짐작하기 어려운 법이다. 결국, 휘발을 재촉하는 묘기를 부릴 것인지, 아니면 열정의 분배를 통해서 지속 가능한 애정의 형식을 개발할 것인지, 하는 것이 문제다. …… '불꽃 같은 정열'은 흔히 상상적 나르시시즘의 징후."

아마 난 미쳤나 봐요

You may be right
I may be crazy
But it just may be a lunatic you're looking for.

당신이 맞을 수도 있어요
아마 난 미쳤나 봐요
하지만 당신이 찾고 있는 사람이 미치광이일지도 모르죠

빌리 조엘의 〈You May Be Right〉

언제 들어도 가슴에 와 닿는 심수봉의 명작 〈사랑밖에 난 몰라〉와 맥이 닿는 노래다. "그대 내 곁에 선 순간/그 눈빛이 너무 좋아 …… 당신 없인 아무것도 이젠 할 수 없어/사랑밖엔 난 몰라" 누구나 지금은 메마른 가슴으로 살아갈망정 사랑 외엔 아는 게 없었고 알고 싶지도 않던 시절이 있었을 게다. 대중가요의 가사가 남의 일처럼 여겨지지 않고 그 어떤 철학자의 고상한 진술보다 더 진리와 진실에 충실하다고 느끼기 시작할 때에 우리는 비로소 자신이 사랑에 빠진 것임을 알게 된다. 그러나 사랑은 끝이 난 뒤에야 말할 수 있는 것이다. 줄리아 크리스테바의 말에 따르자면, "사랑은 나를 흥분시키고 동시에 나를 초월하며 나의 권한을 넘어서기 때문이다."

당신 팔에 안겨 죽게 해주세요

You fill up my senses
like a night in a forest,
Like the mountains in springtime
Like a walk in the rain.
......

Come, let me love you,
Let me give my life to you.
Let me drown in your laughter
Let me die in your arms.

당신은 나의 정신을 채워줍니다
고요한 숲속의 밤처럼
봄철에 생동하는 산처럼
비 오는 거리를 산보하는 것처럼
......

자, 당신을 사랑하게 해주세요
나의 삶을 당신에게 바치게 해주세요
당신의 미소로 나를 달래주세요
당신의 팔에 안기어 죽게 해주세요

존 덴버의 〈Annie's Song〉

정신의 활력과 더불어 생동의 힘을 노래하던 존 덴버는 왜 갑자기 당신의 팔에 안기어 죽게 해달라고 한 걸까? 이어 말한 "나를 다시 사랑
해주세요"에 답이 있겠다. 우리는 생명을 노래하다가도 사랑을 위해선 곧잘 죽음을 말한다. 생명과 죽음의 강렬한 대비 효과를 통해 내
사랑이 얼마나 절실하고 진정성이 있는지를 말하고 싶은 것이다. 하지만 생명 이후에 무슨 사랑이 가능하단 말인가? 그러나 사랑에 빠진
이들은 늘 생명을 사랑의 담보나 증거로 제시하는 데에 주저하지 않는다.

나는 악성 사랑병에 걸렸어요

A hot summer night, fell like a net
I've gott a find my baby yet
I need you to soothe my head,
turn my blue heart to red

Doctor doctor, give me the news
I've got a bad case of loving you
No pills' gonna cure my ill
I gotta bad case of loving you

더운 여름날 밤, 그물에 걸린 느낌이에요
내 사랑을 아직 찾지 못했어요
우울한 마음을 열정의 마음으로 바꾸어줄
내 마음을 달래줄 그런 당신이 필요해요

의사 선생님, 말 좀 해주세요
나는 악성 사랑병에 걸렸어요
아무런 약도 나의 병을 치료하지 못해요
나는 악성 사랑병에 걸렸어요

로버트 팔머의 〈Bad Case of Loving You〉

사랑은 병인가? 그렇다. 그것도 악성이다. 그래서 로버트 팔머는 의사에게 자기 병을 고쳐달라고 요란스레 절규하지 않는가. 하긴 심리학자들은 정도가 심한 사랑을 진짜 병으로 간주한다. 임상심리학자 프랭스 탤리스는 짝사랑이 고대 그리스부터 상사병 정도로 치부돼왔지만 사실은 조울증과 강박장애가 뒤섞인 심각한 정신질환이라고 주장했다. 과연 그런지는 알 수 없지만, 매우 심한 고통이 뒤따르는 사랑인 건 분명하다. 지금 이 순간에도 수많은 청춘이 악성 사랑병에 걸려 신음하고 있으니, 이를 어쩌란 말인가. 이 노래가 구슬프기보다는 오히려 시끄럽게 고함을 질러대는 것은 그런 투병생활을 하는 동지들을 위한 배려인지도.

31

내 영혼을 태우는 사랑

Ooh, ooh, ooh,
I feel my temperature rising
Help me, I'm flaming
I must be a hundred and nine
Burning, burning, burning
And nothing can cool me
I just might turn into smoke
But I feel fine

오, 오, 오
나는 열이 오르는 걸 느껴요
도와주세요, 내가 불타고 있어요
화씨 109도 정도 될 거예요
불타요, 불타요, 불타요
아무것도 날 식힐 수 없어요
나는 아마도 연기로 변해버릴 것 같아요
그러나 기분은 좋아요

엘비스 프레슬리의 〈Burning Love〉

나의 영혼을 태우고 뇌를 태우는 사랑. 나를 연기로 변하게 만들 것 같은 사랑. 정말 그런 사랑이 있단 말인가. 그게 가능하단 말인가. 엘비스 프레슬리는 그걸 증명하기 위해 전능하신 주님을 불러들이고 온몸을 흔들어 뜨겁게 춤을 추면서 절규한다. 그래, 연기로 변해버린다 한들 무엇이 두려우랴. 그런 사랑을 해보고 싶다.

32

미칠 것 같아요

Crazy,
for thinkin'
that my love could hold you
I'm crazy for tryin'
and crazy for cryin'
And I'm crazy for lovin' you

미칠 것 같아요
내 사랑이 당신을
잡을 수 있다는 생각 때문에요
나는 미친 듯이 애쓰고
미친 듯이 울고
그리고 당신을 열광적으로 사랑해요

팻시 클라인의 〈Crazy〉

팻시 클라인은 용감한 여자다. 여자라고 해서 사랑에 덜 미치는 건 아니건만, 사랑의 정열이나 광기를 표현하는 건 늘 남자의 몫이었다. 팻시는 그런 역할 분담을 거부한다. 자신의 모든 걸 던져서 필사적으로 제 사랑의 진실을 전하고자 한다. 그리고 떠나는 남자를 붙잡으려고 한다. 어떤 남자인지는 모르겠지만, 그 곁을 떠나긴 어렵지 않을까?

33

지금 아니면 절대 안 돼요

It's now or never, come hold me tight
Kiss me my darling, be mine tonight
Tomorrow will be too late; it's now or never
My love won't wait

지금 아니면 절대 안 돼요, 나를 꼭 안아주세요
키스해주세요, 그대여. 오늘밤 내 사랑이 돼주세요
내일이면 너무 늦어요. 지금 아니면 절대 안 돼요
내 사랑은 기다리지 않을 거예요

엘비스 프레슬리의 〈It's Now or Never〉

1956년에 엘비스 프레슬리가 〈O Sole Mio〉를 부른다고 상상하는 것은 거의 불가능했다. 그러나 4년 후, 그가 그렇게 하자 이 싱글이 2000 만 장이나 팔리는 대성공을 거두었다. 엘비스의 곡은 이탈리아 칸초네 〈O Sole Mio〉를 기초로 만든 것이다. 1901년에 에두아르도 디 카 푸아가 작곡한 〈O Sole Mio〉는 미국에서 마리오 란차가 이탈리아어로 불러 알려졌고 토니 마틴이 〈There's No Tomorrow〉이라는 이름 을 붙이고 영어로 불러 팝 차트에 2위로 오르는 등 히트했다. 이 둘을 흠모한 엘비스가 1960년 군 제대 후에 이 곡을 발표했고 그동안의 '골반을 잘 흔드는 엘비스(Elvis the Pelvis)' 이미지를 새롭게 하는 계기가 맞는다.

빨리 키스해줘요

Kiss me quick, while we still have this feeling
Hold me close and never let me go
'Cause tomorrows can be so uncertain
Love can fly and leave just hurting
Kiss me quick because I love you so

빨리 키스해줘요, 우리가 이런 감정을 갖고 있는 동안에요
나를 꼭 껴안고 절대 떠나지 마세요
왜냐하면 내일은 확실하지 않기 때문이에요
사랑은 날아가고 상처만 남아요
빨리 키스해줘요, 내가 당신을 그렇게 사랑하니까요

엘비스 프레슬리의 〈Kiss Me Quick〉

이 노래는 〈It's Now or Never〉처럼 청춘의 뜨거운 피를 노래하고 있다. 기회는 두 번 오지 않는다는 속담도 있지만, 반드시 또다른 기회가 있는 법이라' 는 속담도 있다. 오늘밤의 정욕에 눈이 어두워 그런 건지는 알 수 없으나 엘비스는 명백히 오늘이 지나가면 기회가 없다고 노래한다. 무엇이 옳을까?

35 육체적인 즐거움을 가져요

Let's get physical, physical
I wanna get physical
Let's get into physical
Let me hear your body talk,
your body talk
Let me hear your body talk

육체적인 즐거움을 가져요, 육체적인
나는 육체적인 즐거움을 원해요
육체적인 즐거움으로 몰입해요
당신의 몸놀림을 느끼게 해줘요
당신의 몸놀림을
당신의 몸놀림을 느끼게 해줘요

올리비아 뉴튼 존의 〈Physical〉

올리비아 뉴튼 존의 최전성기를 장식한 곡으로 1981년 싱글 차트에서 무려 10주간 1위를 지키며 청순한 이미지의 그녀를 단숨에 섹시스타로 부각시켰다. 미국 일부 지역에서는 금지되기도 한 이 곡의 뮤직비디오에서 그녀는 숏팬츠로 뭇 남성을 유혹했다. 이 비디오는 팝계에 뮤직비디오 시대를 예고하는 신호탄이 되어, 이후 마이클 잭슨, 마돈나, 휘트니 휴스턴 등은 자신들만의 음악적 분위기를 뮤직비디오를 통해 좀 더 감각적으로 대중에 어필했다. 〈Physical〉은 뮤직비디오로 대표되는 1980년대 팝 역사에 그 변화를 가져온 출발점이 되었다. 세상이 달라진 것이다. 어찌 육체 없는 정신만의 사랑을 아름답다 할 것인가.

36

달, 바람, 태양마저 질투해요

If I were the moon, I could
catch your eye– I'm jealous of the moon
If I were the wind, I would
make you fly– I'm jealous of that too

I wish I were the sun shining
on your face– caressing like a lover
I would wrap you in a warm embrace–
we'd be holdin' one another
(I'm jealous of the sun)
I'm jealous of the sun
(Jealous of the sun) Oh,
I'm jealous of the sun

내가 만일 달이라면, 당신의 눈을
붙잡을 수 있을 텐데– 난 달을 질투해요
내가 만일 바람이라면, 당신을
날게 할 텐데– 난 바람도 질투해요

난 원해요, 당신 얼굴에
빛나는 태양이 되길– 연인처럼 쓰다듬으며
당신을 포근하게 포옹할 거예요
우리는 서로 껴안을 거예요
(난 태양을 질투해요)
난 태양을 질투해요
(난 태양을 질투해요) 오,
난 태양을 질투해요

샤니아 트웨인의 《I'm Jealous》

"질투는 사랑의 깊이를 잴 수 있는 척도가 아니다. 단지 사랑에 빠진 사람의 불안감 정도를 말해줄 뿐이다. 질투는 불안감과 열등의식에 근거한 부정적이고 비참한 정신 상태다." 인류학자 마거릿 미드의 말이다. 그렇다면 달, 바람, 태양마저 질투하는 샤니아 트웨인의 정신 상태는 위협 수준이겠다. 그러나 꼭 그렇게 보아야 할까? 사랑하는 사람을 독점하고 싶은 욕망이 죄란 말인가.

Lookin' for some hot stuff baby this evenin'
I need some hot stuff baby tonight
I want some hot stuff baby this evenin'
Gotta have some hot stuff
Gotta have some lovin' tonight
I need hot stuff
I want some hot stuff
I need some hot stuff

Lookin' for a lover who needs another
Don't want another night on my own
Wanna share my love with a warm blooded lover
Wanna bring a wild man back home

37 나는 화끈한 게 필요해요

오늘 저녁 화끈한 연인을 찾고 있어요
나는 오늘밤 화끈한 연인이 필요해요
나는 오늘 저녁 화끈한 연인이 필요해요
화끈한 걸 가져야 해요
오늘밤 사랑을 가져야 해요
나는 화끈한 게 필요해요
나는 화끈한 걸 원해요
나는 화끈한 게 필요해요

다른 연인을 필요로 하는 연인을 찾고 있어요
또다른 밤을 나 혼자 지내고 싶지 않아요
온정을 가진 연인과 사랑을 나누고 싶어요
야성적인 남자를 집으로 데려오고 싶어요

도나 서머의 〈Hot Stuff〉

쯧쯧 혀를 찰 일이 아니다. 사정을 들어보니 화끈한 걸 찾을 만도 하게 생겼다.
"오다가다 길에서 만난 상대는 다 그런 거야" 라는 말도 있지만, 혹 누가 아는가.
몸뿐만 아니라 마음까지 통하는 상대를 만날 수 있을지.

 # 사랑은 망상인가

Love is the delusion that one woman differs from another.

사랑이란, 한 여자가 다른 여자와는 다르다고 보는 망상이다. (헨리 루이스 멩켄)

Love is the word used to label the sexual excitement of
the young, the habituation of the middle-aged,
and the mutual dependence of the old.

사랑은 젊은이의 성적 흥분, 중년의 일상적 습관,
노년의 상호의존에 딱지를 붙이기 위해 사용된 단어다. (존 체디)

사랑에 대한 지독한 독설이다. 더한 독설가가 있으니, 바로 철학자 아르투어 쇼펜하우어다. 아예 여자를 경멸한 그는 '여성성의 근본적인 결함은 정의감을 갖고 있지 않다는 것'이라고 말했다. 비판보다는 오히려 동정하는 게 좋으리라. 철학자 윌 듀란트가 다음과 같이 꼬집었 듯이 말이다. "평생을 거의 하숙생활로 보낸 사람이 어떻게 염세적이지 않겠는가? 하나뿐인 자식을 사생아로 버려둔 사람이? 그의 불행 의 가장 큰 원인은 정상적 생활의 거부―여자와 결혼과 자녀에 대한 거부―였다. 그는 부모가 되는 것을 최대의 악으로 생각했다." 염세 주의에 찌든 쇼펜하우어가 남들의 사랑이 배 아파 심통을 부린 건 아닐까?

당신이 나를 어지럽게 만들어요

Dizzy
I'm so dizzy, my head is spinnin'
Like a whirlpool, it never ends
And it's you, girl, makin' it spin
You're makin' me dizzy

어지러워요
매우 어지러워요, 나의 머리가 빙빙 돌아요
소용돌이처럼 돌고 결코 멈추지 않아요
그렇게 돌게 만든 사람이 바로 당신이에요, 그대여
당신이 나를 어지럽게 만들어요

토미 로의 〈Dizzy〉

자신을 좋아하는 남자를 어지럽게 만드는 여자. 그건 여자의 특권이 아닐까. 아니, 그렇지만도 않겠다. 자신을 좋아하는 여자를 어지럽게 만드는 남자도 있으니 말이다. 차라리 그게 연인을 애태우게 하려는 전술이라면 좋으련만, 그렇지 않은 경우엔 문제가 된다. 못 말리는 바람기일 수도 있기 때문이다. 그 사람이 왜 자신을 어지럽게 만드는지 그 원인 규명에 철저할 일이다.

그는 똑같은 말을 내게도 하니까요

Shall I tell you what he said to you
When he kissed you last night?
I could tell it, cite for cite
And here's the reason why
He says the same things to me,
He says the same things to me,

어젯밤에 그가 당신에게 키스할 때
그가 한 말을 내가 말해볼까요
나는 한마디씩 인용해서 말할 수 있어요
그 이유는 이래요
똑같은 말을 내게도 하니까요
그는 똑같은 말을 내게도 하니까요

스키터 데이비스의 〈He Says the Same Things To Me〉

전형적인 바람둥이 사내의 연애 수법을 우아하게 고발한 노래라 하겠다. 불륜에도 장점(?)이 있겠지만, 가장 큰 문제는 신의(信義)와 충돌한다는 점일 것이다. 그렇다고 배우자나 연인의 허락을 받고 바람을 피울 수는 없는 일이니, 사람은 역시 생긴 대로 세상을 살아가는 건지도 모르겠다. 신의

나는 고독한 남자예요

Don't know that I will but until I can find me
A girl who'll stay and won't play games behind me
I'll be what I am
A solitary man
A solitary man

내가 무얼 할지를 몰라요. 내 뒤에서 장난하지 않고
내게 머물 수 있는 여인을 찾을 때까지는요
나는 나 자신이 될 거예요
고독한 남자
고독한 남자

닐 다이아몬드의 〈Solitary Man〉

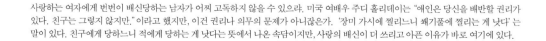

사랑하는 여자에게 번번이 배신당하는 남자가 어찌 고독하지 않을 수 있으랴. 미국 여배우 주디 홀리데이는 "애인은 당신을 배반할 권리가 있다. 친구는 그렇지 않지만." 이라고 했지만, 이건 권리나 의무의 문제가 아니잖은가. '장미 가시에 찔리느니 쐐기풀에 찔리는 게 낫다' 는 말이 있다. 친구에게 당하느니 적에게 당하는 게 낫다는 뜻에서 나온 속담이지만, 사랑의 배신이 더 쓰리고 아픈 이유가 바로 여기에 있다.

42 언제든 내 이름을 부르기만 하세요

You just call out my name,
and you know wherever I am
I'll come running, oh yeah baby
to see you again.
Winter, spring, summer, or fall,
all you have to do is call
and I'll be there, yeah, yeah, yeah.
You've got a friend.

당신은 그저 내 이름만 불러요
그러면 내가 어디에 있든
나는 당신을 다시 보기 위해서
달려갈 거예요, 오 그대여
겨울, 봄, 여름 또는 가을 언제든지요
당신이 해야 할 모든 일은 날 부르는 거예요
그러면 나는 거기에 갈 거예요, 예, 예, 예
당신에겐 친구가 있어요

캐롤 킹의 〈You've Got a Friend〉

날 부르면 언제든 달려가겠다는 박상철의 명곡 〈무조건〉을 연상시키는 노래다. "어려울 때 친구가 진짜 친구"라는
말이 있는데, 이는 참된 사랑의 감별에도 적용할 수 있는 것인가? 해결사형 사랑인가? 애인의 지위에서 탈락했기에
친구 관계라도 유지하면서 끝까지 눌러 있겠다는 속셈일까? 그렇게 삐딱하게 볼 일이 아니다. 님을 향한 일편단심
으로 이해하자. 다만 문제는 날 부를 때 언제든 달려갈 수 있는 체제를 갖추기 위해선 평생 독신으로 살면서 다른
사랑을 해도 안 된다는 것일 텐데 그게 가능할지는 의문.

정직은 외로운 단어예요

If you search for tenderness
it isn't hard to find
You can have the love you need to live
But if you look for truthfulness
You might just as well be blind
It always seems to be so hard to give

Honesty is such a lonely word
Everyone is so untrue
Honesty is hardly ever heard
And mostly what I need from you

당신이 부드러움을 찾는다면
그것은 그리 어렵지 않아요
당신이 필요로 하는 사랑을 가질 수 있어요
하지만 당신이 진실성을 찾는다면
당신은 눈이 먼 것 같을 거예요
그건 항상 너무 어려워서 주기 힘든 것 같아요

정직성이 그렇게 외로운 단어예요
모든 사람이 그렇게 진실하지 않아요
정직성은 거의 들어보기 힘들고 그것이
당신에게 내가 가장 원하는 거예요

빌리 조엘의 〈Honesty〉

'사람들은 속마음을 털어놓지 않는데 그건 그렇게 하는 것이 속마음을 털어놓는 것보다 더 쉽기 때문'이라는 말이 있다. 정직은 외로울
뿐만 아니라 어려운 단어인 셈이다. '정직한 사람의 유일한 불이익은 남을 쉽게 믿는 것'이라는 말도 있다. 배신당하거나 실망할까 봐 두
려워 정직하기를 꺼리는 사람에게 당신은 정직을 요구하면서 그 어떤 확신을 줄 수 있을 것인가?

만약 내일이 결코 오지 않는다면 내가 얼마나 사랑했는지 그녀가 알까요? 어떤 화려한 말보다 더 가슴 깊이 다가오는 사랑의 고백이 아닐 수 없다. '오늘 할 수 있는 일을 내일로 미루지 말라' 는 잠언이 결코 진부하지 않다는 걸 시사해준다. 아니 더 나아가서 '내일 할 수 있는 걸 오늘 하라' 를 사랑의 실천 강령으로 삼는 건 어떨까?

44 내일이 결코 오지 않는다면

If tomorrow never comes
Will she know how much I loved her
Did I try in every way to show her every day
That she's my only one
And if my time on earth were through
And she must face this world without me
Is the love I gave her in the past
Gonna be enough to last
If tomorrow never comes

만일 내일이 결코 오지 않는다면,
내가 얼마나 사랑했는지 그녀가 알까요
그녀가 나의 단 하나의 사랑이라는 걸 보여주기 위해
매일 모든 방법으로 내가 노력했나요
만일 이 땅에서 내 시간이 끝났다면
그리고 그녀가 이 세상에서 나 없이 살아야만 한다면
지난날 내가 그녀에게 준 사랑이
지속되기에 충분할 건가요
만일 내일이 결코 오지 않는다면

로난 키팅의 〈If Tomorrow Never Comes〉

45

밤 12시 이후에
내게
한 남자를 주세요

Half past twelve
And I'm watching the late show in my flat all alone
How I hate to spend the evening on my own
Autumn winds
Blowing outside the window as I look around the room
And it makes me so depressed to see the gloom
There's not a soul out there
No one to hear my prayer

Gimme gimme gimme a man after midnight
Won't somebody help me chase these shadows away
Gimme gimme gimme a man after midnight
Take me through the darkness to the break of the day

밤 12시가 지난 후 30분
내 아파트에서 혼자서 밤늦게 방영하는 쇼를 보아요
저녁을 나 혼자 지내는 걸 얼마나 혐오하는지
가을바람
창 밖에서 불어오고 방을 둘러보아요
그래서 침울해져요
거기엔 영혼이 없어요
아무도 나의 기도를 듣지 않아요

내게 주세요, 밤 12시 이후에 내게 한 남자를 주세요
내가 이런 그림자를 몰아내는 걸 그 누구도 돕지 않아요
내게 주세요, 밤 12시 이후에 내게 한 남자를 주세요
이 한밤의 어둠을 지나 새벽녘으로 나를 데려가주세요

아바의 〈Gimme Gimme Gimme〉

여자만 이런 생각을 하는 건 아니다. 언제든 내게 한 여자를 주라고 말하고 싶은 남자들은 얼마나 많겠는가. 작가 헨리 데이비드 소로는 '나는 고독만큼 벗 삼기에 좋은 벗을 알지 못한다'고 했지만, 사랑에 굶주린 청춘 남녀에겐 참으로 잔인한 말씀이다.

46 사랑 이외에 무슨 생각이 필요한가

She lived with no other thought than to love
and be loved by me.

그녀는 날 사랑하고 나의 사랑을 받는 것 외엔
아무 생각 없이 살았다. (에드거 앨런 포)

미국이 낳은 최초의 보헤미안인 에드거 앨런 포는 26세에 13살밖에 안 된 사촌누이 버지니아 클렘과 비밀리에 결혼했다. 포가 죽은 지이틀 만에 『뉴욕트리뷴』지에 발표된 걸작 「애너벨 리」는 가난 속에 살다 결혼 5년 만에 죽은 아내를 추모한 시다. 포는 자신들의 사랑이더 원숙한 사람들의 사랑보다도 강렬했다고 주장했다. 강렬함! 그것이 보헤미안 사랑의 알파요 오메가인가. 사랑을 계산의 대상으로 삼는 영악한 사랑이 풍미하는 시절, 사랑을 숭배의 대상으로 삼는 강렬한 사랑이 그리운 법이다. 우리는 때로 날 사랑하고 나의 사랑을 받는 것 외엔 아무 생각 없이 살 수 있는 연인을 꿈꾸지 않던가.

가을 나뭇잎이 떨어지기 시작하면

The falling leaves drift by the window
The autumn leaves of red and gold
I see your lips, the summer kisses
The sunburned hand I used to hold

Since you went away the days grow long
And soon I'll hear old winter's song
But I miss you most of all, my darling
When autumn leaves start to fall

낙엽이 바람에 날려 창문가에 떨어져요
빨간색 그리고 황금색으로 물든 가을 나뭇잎이죠
나는 당신 입술, 여름의 키스 그리고
내가 붙잡던 햇볕에 탄 손을 그리워해요

당신이 멀리 떠난 후론 낮이 길게 느껴져요
머지않아 나는 옛 겨울의 노래를 들을 거예요
그러나 가을 나뭇잎이 떨어지기 시작하면
나는 당신을 가장 그리워해요, 내 사랑 그대여

앤디 윌리엄스의 〈Autumn Leaves〉

정열이 약하다 흠볼 수도 있겠지만, 점잖은 앤디 윌리엄스답다. 가을 나뭇잎이 떨어지기 시작하면 당신을 가장 그리워한다는 말뿐이니 말이다. 사랑하던 또는 여전히 사랑하는 사람을 그리워하게 만드는 계기로 낙엽 이상 가는 게 없을 게다. 윌리엄스는 여름의 키스가 그립다고 했는데, 가을의 낙엽은 푸른 여름날에 이루어진 영화(榮華)의 쇠락을 상징한다. 그러면서도 낙엽은 빨간색과 황금색 등의 자태를 뽐내며 그 나름의 아름다움을 간직하고 있다. 이루어지지 못한 사랑도 그와 같지 않을까.

48 거친 물 위에 다리가 되어

When you're weary, feeling small,
When tears are in your eyes,
I will dry them all;
I'm on your side.
Oh, when times get rough
And friends just can't be found,
Like a bridge over troubled water,
I will lay me down.

당신이 약해지고, 초라하게 느껴질 때
당신의 눈에 눈물이 고일 때
내가 당신의 눈물을 모두 닦아줄게요
나는 당신의 편이에요
오, 어려움 다가올 때
그리고 친구를 찾지 못할 때
거친 물 위에 다리가 되듯이
내가 누워 다리가 되어드리죠

사이먼 앤 가펑클의 〈Bridge Over Troubled Water〉

노랫말 하나하나는 더할 나위 없이 아름답지만, 이 노래는 전형적인 '보디가드형 사랑'을 보여준다. 사랑하는 사람의 곁에 다가서지 못한 채 멀리서 바라봐야만 하는 서글픈 운명. 그 사람이 할 수 있는 일은 사랑의 대상이 불행해질 때에 비로소 생겨난다. 그 눈에 눈물이 고일 때 비로소 그 눈물을 닦아줄 수 있는 것이다. 사랑에 대한 보답과 무관하게 사랑하는 사람을 위해 모든 걸 다 해주고 싶은 마음의 정체는 과연 무엇일까? 패배자의 허영심인가? 자신의 소중한 감정을 더욱 소중하게 지키고 싶은 오기인가? 아니면 지고지순함의 표현인가?

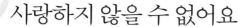

사랑하지 않을 수 없어요

Wise men say, only fools rush in
But I can't help falling in love with you.
Shall I stay? Would it be a sin?
If I can't help falling in love with you.

Like a river flows surely to the sea.
Darlin' so it goes
Somethings are meant to be.
Take my hand, take my whole life too
For I can't help falling in love with you.

현명한 사람이 말하길, 바보들만이 서두른답니다
그러나 나는 당신을 사랑하지 않을 수 없어요
내가 남을까요? 그것이 죄가 되나요?
만일 내가 당신을 사랑하지 않을 수 없다면

강물이 흘러 확실히 바다로 가듯이
그대여, 사랑은 그렇게 가지요
모든 것은 이미 운명적으로 정해진 대로에요
나의 손을 잡아요, 또한 나의 모든 삶을 가지세요
왜냐하면 나는 당신을 사랑하지 않을 수 없으니까요

엘비스 프레슬리의 〈Can't Help Falling In Love〉

영혼을 태우고 뇌를 태우는 〈Burning Love〉를 절규한 엘비스가 이렇게 점잖을 수도 있다니. 강물이 흘러 바다로 가는 운명을 말하면서 이렇듯 느긋한 자세를 보이다니. 그러나 우리 모두에겐 그런 두 얼굴이 있다. 뜨겁다고 해서 사랑이 성공할 가능성이 높은 게 아니다. 자신이 마음대로 통제할 수 있는 감정이라면 그건 사랑이 아닐 수도 있다. 어이하랴. 사랑에 능수능란한 이른바 선수들의 경쟁력은 바로 그 통제력에서 나오는 것을. 사랑과 집착, 그 거리는 가깝고도 멀다. 어떤 사람에겐 가깝고 어떤 사람에겐 멀다. 누군가는 집착을 원하고 또 누군가는 혐오한다. 사랑은 그런 두 체질 간 화학반응의 산물일지도 모른다.

50 내가 사랑하는 것의 반만큼이라도 나를 사랑한다면

If you miss me half as much as I miss you
You wouldn't stay away half as much as you do
I know that I would never be this blue
If you only loved me half as much as I love you

내가 그리워하는 것의 반만큼이라도 당신이 날 그리워하면
당신이 날 멀리하는 것의 반만큼도 당신은 그러지 않을 거예요
내가 결코 우울하지 않을 거라는 걸 난 알아요
만일 내가 사랑하는 것의 반만큼이라도 당신이 날 사랑한다면

팻시 클라인의 〈Half As Much〉

역시 팻시 클라인답다. 여자라고 해서 자신의 감정을 숨겨야 할 이유가 어디에 있단 말인가. 늘 제대로 보답받지 못하는 사랑으로 인한 고통이나 스트레스를 어쩌란 말인가. 누군가는 '사랑은 나의 행복을 다른 이의 행복에 두는 것이다' 라고 했다지만, 그것도 정도의 문제 아닌가 말이다. 상부상조의 원리는 사랑에도 적용되어야 하는 게 아닐까?

사랑은 진실, 느낌, 접촉, 자유

Love is real, real is love
Love is feeling, feeling love
Love is wanting to be loved

Love is touch, touch is love
Love is reaching, reaching love
Love is asking to be loved

사랑은 진실, 진실은 사랑
사랑은 느낌, 느끼는 사랑
사랑은 사랑받기 위해 원하는 것

사랑은 접촉, 접촉은 사랑
사랑은 손을 내미는 것, 손을 내미는 사랑
사랑은 사랑받기 위해 요구하는 것

존 레논의 〈Love〉

존 레논은 사랑은 진실, 느낌, 접촉, 자유라고 했지만, 모든 건 자유로 귀결된다. 그러나 과연 사랑은 자유일까? 진실을 말하자면, 사랑은 때로 굴레일 뿐만 아니라 원수다. 사랑이 대중문화의 영원한 소재가 되는 이유도 바로 여기에 있다. 환희, 맹세, 음모, 질투, 배신, 절망, 상처, 복수, 죽음, 환생 등이 사랑에 따라붙는 끼워팔기용 상품이기 때문이다. 굴레거나 원수인 줄 알면서도 빠져들지 않을 수 없는 것 중에 합법적인 것은 오직 사랑뿐이다. 그래서 사랑은 누구에게나 권할 수 있는 마케팅의 수단이 되기도 한다. 레논이 말하는 사랑은 그런 제약에서도 벗어난 자유를 말하는 것이겠지만, 그건 드물다. 이 노래가 사랑받는 이유도 여기에 있지 않을까?

아마도 사랑은

Perhaps love is like a resting place, a shelter from the storm
It exists to give you comfort, it is there to keep you warm
and in those times of trouble when you are most alone
The memory of love will bring you home

아마도 사랑은 비바람을 피하는 안식처 같은 곳
당신을 편안하게 해주고 당신을 따뜻하게 감싸주어요
당신이 가장 외롭고 고통스런 때에 말입니다
사랑의 추억은 당신을 고향으로 데려다주어요

플라시도 도밍고, 존 덴버의 〈Perhaps Love〉

1961년 오페라 〈라 트라비아타〉에서 알프레도 역을 맡으며 멕시코에서 정식 데뷔한 당대 최고의 테너 플라시도 도밍고와
자연을 사랑하는 소박한 가수 존 덴버가 이중창으로 불렀다. 스페인에서 태어난 도밍고는 여덟 살 때 부모와 함께 멕시코
로 이주하여 부모가 운영하던 뮤지컬 극단에서 노래하다가 칠레 태생의 메트로폴리탄 가수 카를로의 권유로 테너가수가
되었다. 콜로라도 덴버에서 예명을 가져온 존 덴버는 자연과 인간을 노래하는 시인이라 불리는 컨트리음악의 대가다. 이
곡은 1981년 발표된 앨범 〈Placido Domingo with John Denver〉의 표제곡으로 대단한 인기를 얻었다. 아름다운 가사 속에
서 진실한 사랑의 의미가 어떻게 승화되는지 볼 수 있는 좋은 노래로 두 사람의 멋진 조화가 매혹적이다.

53

대답하기 전에 두번

생각해보세요

Think twice before you answer
Think twice before you say "Yes"
I'm asking you if you love me true
'Cause you're my happiness
......
Funny how a word can mean everything
That's why I want you to talk to me
To hear you say my name I'd give anything
Only you can decide what my future will be

대답하기 전에 두 번 생각해보세요
당신이 예라고 말하기 전에 두 번 생각해보세요
당신이 나를 정말로 사랑하는지 묻고 있어요
왜냐하면 당신은 나의 행복이기 때문이에요
......
어떻게 한마디가 모든 걸 뜻할 수 있는지 이상해요
그래서 당신이 내게 말하길 원해요
당신이 내 이름을 부르면, 나는 모든 걸 당신께 줄 거예요
당신만이 나의 앞날을 결정할 수 있어요

브룩 벤톤의 〈Think Twice〉

내가 상처를 입어도 좋으니 날 정말 사랑하는지 잘 생각해보고 답해주
세요. 상처받는 걸 두려워하지 않는 사람인가? 아니다. 정반대다. 상처
에도 종류가 있는 법. 진짜 상처받는 걸 두려워하기 때문에 대답하기 전
에 두 번 생각해보라는 요청을 하는 것이다. 소심한 남자인가? 아니다.
누구나 사랑에 빠지면 소심해진다. 그것이 사랑의 본질이다. "어떻게
한마디가 모든 걸 뜻할 수 있는지 이상해요." 이런 이상한 기분을 느끼
지 못한 사람이라면 진실한 사랑을 한 적이 없다고 말해도 무방하리라.

병 속에 시간을 저장하고 싶어요

If I could save time in a bottle
The first thing that I'd like to do
Is to save everyday 'til eternity passes away
Just to spend them with you
If I could make days last forever
If words could make wishes come true
I'd save everyday like a treasure and then
Again, I would spend them with you

내가 만일 병 속에 시간을 저장할 수 있다면
가장 먼저 하고 싶은 것은
영겁이 지나갈 때까지 매일 저장하는 거예요
그 시간들을 당신하고만 지내면서요
만일 낮을 영원히 지속하게 할 수 있다면
만일 말로 소원을 이루게 할 수 있다면
나는 매일을 보석처럼 저장할 거예요. 그리고
다시 그 시간들을 당신하고만 지낼 거예요

짐 크로스의 〈Time In a Bottle〉

'세월은 흐르는 물과 같다'고 했는데, 무슨 수로 시간을 병 속에 저장할 수 있단 말인가. 불가능한 희망이기에 무언가 비극을 예고하는 셈이다. 프랑스 작곡가 루이-헥토르 베를리오즈는 "시간은 위대한 스승이기는 하지만 유감스럽게도 자신의 모든 제자를 죽인다"는 명언을 남겼다. 사랑도 그와 같지 않을까? 시간마저 이겨낸 사랑은 아예 없거나 매우 희소한 법.

천 년이라도 당신을 기다릴 거예요

The clock will tick away the hours one by one
And then the time will come when all the waiting's done
the time when you return and find me here and run
Straight to my waiting arms

If it takes forever, I will wait for you
For a thousand summers, I will wait for you
'til you're here beside me, 'til I'm touching you
and forevermore cherish your love

시계가 똑딱거리며 시간이 하나씩 가버릴 거예요
그러면 시간은 모든 기다림이 끝날 때 올 거예요
당신이 돌아오는 시간에 여기에 나를 발견하고
기다리는 나의 품으로 곧장 달려오세요

만일 시간이 영원히 걸린다 해도 나는 당신을 기다릴 거예요
천 번의 여름이라도 나는 당신을 기다릴 거예요
당신이 내 곁으로 돌아올 때까지 내가 당신을 품에 안을 때까지

앤디 윌리엄스의 〈I Will Wait for You〉

사랑하는 연인이 돌아올 때까지 기다리겠다는 노래는 흔하지만, '천 번의 여름'과 '영원'을 말하는 게
인상적이다. 뻔한 과장법 아니겠느냐고 하기엔 앤디 윌리엄스가 전해주는 느낌이 심상치 않다. 그래,
부디 변치 말고 영원히 기다리길 바란다. 사람은 기다림이라는 말도 있잖은가.

56

사랑의 감정은
자립해 존재할 수 있는가

Love and nothing else very soon is nothing else. The emotion of love, in spite of the romantics, is not self-sustaining; it endures only when the lovers love many things together, and not merely each other.

사랑 말곤 아무것도 필요 없다는 식의 사랑은 곧 아무것도 아닌 게 된다. 사랑의 감정은 그 낭만성에도 불구하고 자립해 존재할 수 있는 게 아니다. 그것은 연인들이 서로 사랑하는 것뿐만 아니라 많은 것들을 같이 사랑할 때에만 지속되는 법이다. (월터 리프먼)

미국의 유명 칼럼니스트 월터 리프먼은 친한 친구의 아내에게 눈이 팔려 목숨 걸고 사랑한다던 아내를 배신했다. 아내를 빼앗긴 친구 해밀턴 암스트롱은 그 둘을 평생 용서하지 않았다. 암스트롱이 편집자로 있던 저널 『포린 어페어즈』엔 35년간 리프먼의 이름이 인용조차 되지 못했다. 편명하고 싶던 걸까? 리프먼은 『도덕 서설』에서 위와 같이 말했다. 공유된 관심, 상호 존경, 상호 양립성 등이 없이 사랑이라는 감정에만 의존하는 결혼은 위험하다는 것이다. 배신자의 구차한 변명일까?

57 해명하지 마세요

Hush now, don't explain
Just say you'll remain
I'm glad your back, don't explain
Quiet, don't explain
What is there to gain
Skip that lipstick
Don't explain
......
Hush now, don't explain
You're my joy and pain
My life's yours love
Don't explain

쉿, 이제 조용히 하세요, 해명하지 마세요
당신이 남아 있을 거라고만 말하세요
난 당신이 돌아와 기뻐요, 해명하지 마세요
조용히 하세요, 해명하지 마세요
얻을 게 무엇인가요?
구차하게 해명하지 마세요
해명하지 마세요
......
쉿, 이제 조용히 하세요, 해명하지 마세요
당신은 나의 기쁨이고 고통이에요
내 인생은 당신의 사랑이에요
설명하지 마세요

메리 블랙의 〈Don't Explain〉

불륜은 사랑 감정의 순수성을 측정하는 리트머스 시험지다. 철학자 프리드리히 니체가 이렇게 비아냥대지 않았던가. "사람들은, 사랑을 하면 자신을 희생하고 타인의 이익을 꾀하므로 사랑은 이타적이라 생각한다. 그러나 이렇게 함으로써 그들은 타인을 소유하려고 하는 것이다. 사랑은 모든 감정 중에서 가장 이기적이다. 그러므로 사랑이 배신당할 때 사람들은 가장 잔혹해지는 것이다." 그러나 메리 블랙은 불륜에 대해 해명하지 말라고 말한다. 이렇게 너그러울 수가 있는가. 어떤 사랑이 더 진실한 것인가? 알다가도 모를 일이다.

당신을 사랑하지 않게 제발 날 도와주세요

I belong to another who's arms have grown cold
But I promised forever to have and to hold
I can never be free dear, but when I'm with you
I know that I'm losing the will to be true

Please help me I'm fallin' and that would be sin
Close the door to temptation don't let me walk in
For I mustn't want you but darlin' I do
Please help me I'm fallin' in love with you

나는 사랑이 식어가고 있는 다른 사람의 애인이에요
하지만 나는 영원히 변치 않겠다고 약속했어요
난 결코 자유로울 수 없어요, 하지만 내가 당신과 있을 때
난 알아요, 내가 변치 않으려 하는 의지를 잃는다는 것을

제발 날 도와주세요, 난 사랑에 빠지고 그게 죄가 될 거예요
유혹의 문을 닫아요, 내가 걸어 지나가지 못하게 하세요
왜냐면 난 당신을 원하지 말아야 하지만, 그대여 난 원해요
제발 날 도와주세요, 나는 당신에 대한 사랑에 빠지고 있어요

행크 로클린의 〈Please Help Me, I'm Falling〉

비록 사랑은 식어가고 있을망정 자신의 애인에 대해 배신을 저지르진 않겠다는 의지의 강한 표현이다. 그러나 그 표현이 너무도 강하기에 이미 게임은 끝났다는 걸 알 수 있다. 아, 어쩌란 말인가. 마음이 흔들려버린 상황인데. '여자의 마음은 바람과 같다'고 했지만, 어찌 여자의 마음만이겠는가.

 당신은 아무 말도 하지 않지만

It's amazing how you can speak right to my heart
Without saying a word, you can light up the dark
Try as I may I could never explain
What I hear when you don't say a thing

The smile on your face lets me know that you need me
There's a truth in your eyes sayin' you'll never leave me
The touch of your hand says you'll catch me if ever I fall
You say it best, when you say nothing at all

당신이 내 마음에 똑바로 말할 수 있는 방법이 놀라워요
한마디 말하지 않아도 당신은 어둠을 밝힐 수 있어요
노력해보지만, 당신이 한마디도 말하지 않을 때
내가 듣는 것을 난 결코 설명할 수 없어요

당신 얼굴의 미소는 당신에게 내가 필요하다는 걸 알게 해요
당신 눈에 담긴 진실이 당신이 날 결코 떠나지 않는다고 말해요
당신 손을 만지면 내가 넘어져도 당신이 날 잡겠다고 말해요
전혀 아무 말도 하지 않을 때가 당신이 가장 잘 말하는 거예요

앨리슨 크라우스의 〈When You Say Nothing At All〉

'침묵하라. 그러면 사람들은 당신을 철학자로 생각할 것이다' 라는 말이 있다. 이 속담엔 약간의 냉소가 섞여 있지만, 사랑받는 사람의 침묵엔 그런
냉소를 넘어서는 힘이 있다. 그러나 해석은 자유다. '당신의 침묵을 이해하지 못하는 사람은 당신의 말도 이해 못할 가능성이 높다' 는 말도 있고,
'침묵은 반박이 가장 어려운 논법 중의 하나다' 라는 말도 있다. 설사 오해거나 착각일망정 해석의 자유에 시비를 걸 필요는 없으리라.

When I need you
I just close my eyes
And I'm with you.
And all that I so wanna give you
It's only a heartbeat away.

When I need love
I hold out my hands
And I touch love.
I never knew there was so much love
Keeping me warm night and day.

60 당신이 필요할 때 눈을 감아요

당신이 필요할 때
난 그저 눈을 감아요
그러면 당신과 함께 있어요
그리고 내가 당신에게 주기 원하는 것
그것은 바로 가까이에 있어요

내게 사랑이 필요할 때
나는 손을 뻗어요
그리고 사랑을 느껴요
나를 포근하게 밤낮으로 돌봐준 그렇게 많은
사랑이 있었는지는 나는 결코 알지 못했어요

리오 세이어의 〈When I Need You〉

짝사랑의 열병을 앓는 사람에게 적극 권할 만한 사랑법이다. 눈만 감으면 사랑하는 사람과 함께 있을 수 있는 천국의 문이 열리는데 무얼 더 바라랴. 어째 좀 구슬픈 감이 들지 않는 건 아니지만, 눈을 뜬 세상에서 처절한 고통을 겪는 것보단 낫지 않을까?

내가 왜 그랬는지 모르겠어요

I don't know why I did it. I guess I lost my head
I should have said "I love you" but used angry words instead.
......
It's easy to apologize. It's harder to forget.
You made the lovin' easy but I made you so upset

With angry words, that were so unfair.
Angry words, I should have said "I care"

왜 그랬는지 모르겠어요. 내 정신이 아니었나 봐요
"당신을 사랑해요" 하는 말 대신에 화난 말을 했어요
......
사과하기는 쉬워요. 잊기는 더욱 어려워요
당신은 사랑을 편하게 했지만 내가 당신을 당황하게 만들었어요

화난 말로, 그건 아주 옳지 않았어요
화난 말, 난 "사랑해요" 라고 말해야 했어요

돈 맥클린의 〈Angry Words〉

누구나 한 번쯤 해봤음직한 후회다. '말보다는 행동이 더 큰 힘을 쓰는 법이다' 는 속담이 있지만, 사랑하는 사람들 사이에선 꼭 그렇지만
도 않다. 아무리 평소 행동을 잘했어도 말 한마디의 실수로 사랑을 깨뜨릴 수 있다. 그런 의미에서 사랑은 곧 말이기도 하다.

 **계속해서 당신 이름을 속삭여요**

Over and over I whisper your name
Over and over I kiss you again
I see the light of love in your eyes
Love is forever, no more good-byes
......

Life's summer leaves may turn into gold
The love that we share will never grow old
Here in your arms no words far away
Here in your arms forever I'll stay

계속 당신 이름을 속삭여요
계속해서 당신에게 다시 키스해요
나는 당신의 눈에서 사랑의 빛을 보아요
사랑은 영원한 것, 더 이상 작별인사는 없어요
......

인생의 여름 나뭇잎들은 황금색으로 변해가요
우리가 나누는 사랑은 결코 늙어가지 않을 거예요
당신 품 안에서 아무 말도 사라지지 않아요
당신 품 안에서 나는 영원히 머무를 거예요

나나 무스쿠리의 〈Over and Over〉

윌리엄 레디는 『감정의 항해』에서 사랑의 선언은 감정의 표현이 아니라고 했다. 사랑의 선언은 감정의 표현에 그치지 않고 사랑하는 사람의 감정을 북돋워주고 확대시키고 변화시키기까지 하려는 전략이라는 것이다. 나나 무스쿠리가 노래하는 사랑은 그 경지에까지 이른 것인가? 오히려 그마저 넘어선 건 아닌가? 계속해서 당신의 이름을 속삭인다는 게 그 어떤 종교적 주문처럼 들리지 않는가.

I know your eyes in the morning sun
I feel you touch me in the pouring rain
And the moment that you wander far from me
I wanna feel you in my arms again
And you come to me on a summer breeze
Keep me warm in your love
Then you softly leave
And it's me you need to show
How deep is your love

63 당신의 사랑은 얼마나 깊은가요

나는 아침 태양에 비치는 당신 눈을 알아요
쏟아지는 빗속에서 당신 손길을 느껴요
그리고 당신이 나를 떠나 방황하는 순간에
나는 당신을 내 품에 다시 느끼고 싶어요
그러면 당신은 여름철 미풍에 실려 내게 다시 오지요
당신 사랑으로 나를 포근하게 감싸고는
당신은 부드럽게 떠나가요
당신의 사랑이 얼마나 깊은지를
나에게 보여주세요

비지스의 〈How Deep Is Your Love〉

비지스가 뭔가 불안과 위협을 느낀 것 같다. 자꾸 사랑의 깊이를 보여 달라고 요구하니 말이다. 그러나 사랑은 그 깊이를 측량할 수 없는 감정인 걸 어이하랴. 사랑은 실적이나 공적이 아니다. 누적(累積)이 없다. 물론 헤어질 때 오래 같이 한 세월과 상대가 자신에게 잘해준 것을 기억하며 아쉬워하거나 슬퍼할 순 있겠지만, 그것이 사랑을 붙들어맬 수 있는 보루는 아니다. 사랑은 늘 '처음처럼' 새롭게 시작하는 것이어야 한다.

64 사랑은 오래 참고 사랑은 온유하며

Love is patient, love is kind. It does not envy, it does not boast, it is not proud. It is not rude, it is not self-seeking, it is not easily angered, it keeps no record of wrongs. Love does not delight in evil but rejoices with the truth. It always protects, always trusts, always hopes, always perseveres.

사랑은 오래 참고 사랑은 온유하며 투기하는 자가 되지 아니하며 사랑은 자랑하지 아니하며 교만하지 아니하며 무례히 행치 아니하며 자기의 유익을 구치 아니하며 성내지 아니하며 악한 것을 생각지 아니하며 불의를 기뻐하지 아니하며 진리와 함께 기뻐하고 모든 것을 참으며 모든 것을 믿으며 모든 것을 바라며 모든 것을 견디느니라. (고린도전서 13장 4~7절)

성경에서 말하는 이 사랑은 과연 무슨 사랑일까? 모든 것을 참고 믿고 바라고 견디는 게 인간에게 가능할까? 뻐딱하게 생각할 일이 아니라 사랑을 화려하고 웅장하고 영광스럽게 생각하고픈 유혹에 대한 경고일 수 있다. 사랑은 남들에게 자랑하는 훈장이 아니라, 밖보다는 안을 향해 키워나가는 인간적 성숙의 과정에서 피어난다. 기다림과 인내는 타파해야 할 옛날옛적 미덕만은 아니다. 늘 기쁘고 즐거워야만 참된 사랑이라고 믿는 욕망 충족형 사랑은 수명이 짧을 수밖에 없다. 진정한 사랑은 그런 필연에 대한 각성이라는 토양에서 자라나는 나무와 같으리라.

65 미안하다는 말이 가장 하기 힘든 말인 것 같아요

What do I do to make you want me
What have I got to do to be heard
What do I say when it's all over
And sorry seems to be the hardest word

당신이 날 원하게 하려면 무엇을 해야 하나요
내 말을 듣게 하려면 무엇을 해야 하나요
모든 게 끝났을 때에 무엇을 말해야 하나요
미안하다는 말이 가장 하기 힘든 말인 것 같아요

엘튼 존의 〈Sorry Seems To Be the Hardest Word〉

사랑과 이별을 경험한 사람이라면 누구든 한 번쯤 '미안하다'는 말을 해보지 않았을까? 미안하다는 가장 하기 힘든 말이라고 하지만, 가장 하고 싶은 말이기도 하다. 사랑을 지키지 못해서 여전히 사랑해서 미안하다. 무능하기에 초라하기에 미안하다. 누군가는 "사랑은 미안하다고 말하지 않는 것"이라고 했다지만, 사랑의 본질은 미안함이다. 사랑하는 사람 앞에서 자신이 더할 나위 없이 왜소해지는 미안함을 느낄수록 사랑의 종교적 정열은 강해지는 법.

66 사랑은 함께 같은 방향을 바라보는 것이다

Love does not consist in gazing at each other but in looking outward together in the same direction.

사랑은 서로 마주 보는 게 아니라 함께 같은 방향을 바라보는 것이다. (앙투안 드 생텍쥐페리)

월터 리프먼은 사랑의 감정은 자립해 존재할 수 없다 했지만, 이 주장에는 자신의 과오를 정당화하기 위한, 지식인 특유의 교활함이 엿보인다. 그럼에도 그의 이론은 많은 젊은이들이 애송하곤 하는 프랑스 작가 생텍쥐페리의 말과 맥을 같이 한다. 낭만적 정열로 서로 마주 볼 수는 있지만, 함께 한 방향을 바라보게 만드는 것은 비감정적인 공통 관심사다. 어린 시절의 사랑이 깨지기 쉬운 이유는 서로 마주 볼 수 있어도 함께 같은 방향을 바라볼 수 있는 콘텐츠가 없기 때문이다. 그런데 성인이 된 후 사랑을 할 때에도 이게 꼭 양자택일해야 할 문제란 말인가? 마주 보기도 하면서 함께 같은 방향을 바라보는 일을 번갈아가며 할 수는 없을까? 왜 없겠는가! 함께 같은 방향을 바라보는 걸 무시하고 오직 서로 마주 보는 일에만 열중하는 사랑의 풍속도에 대한 경고의 메시지로 읽는 게 옳으리라.

67

그리 쉽게
나를
잊을 수 있나요

They say you've found somebody new,
But that won't stop my loving you.
I just can't let you walk away,
Forget the love I had for you.

Guess I could find somebody new
But I don't want no one but you.
How can you leave without regret?
Am I that easy to forget?

사람들이 말하기를 당신이 새로운 사람을 찾았다고 하더군요
그러나 그런 사실은 당신에 대한 나의 사랑을 멈추게 하지 못해요
당신을 그렇게 떠나보낼 수 없어요
당신에게 내가 준 사랑을 잊어버리세요

생각해보세요, 나도 새로운 사람을 찾을 수 있다고요
그러나 나는 다른 사람을 원하지 않아요
당신은 어찌하여 후회 없이 떠날 수 있어요
그렇게 쉽게 나를 잊을 수 있나요

잉글버트 험퍼딩크의 〈Am I That Easy to Forget?〉

잉글버트 험퍼딩크는 자신을 배신한 연인에게 그렇게 쉽게 자신을 잊을 수 있느냐고 묻는다. 그러나 마음이 떠난 마당에 잊는 게 무슨 대수랴. 게다가 자신도 새로운 사람을 찾을 수 있지만 그렇게 하지 않는다는 대목은 실망스럽다. 절실함이 부족하다. 배신에 관해서는 배호가 부른 〈배신자〉가 압권이다. 배신당하지 않은 사람은 그 울부짖는 아픔에 공감하긴 어려울 것이다. "얄밉게 떠난 님아/얄밉게 떠난 님아/내 청춘 내 순결을 뺏어버리고 얄밉게 떠난 님아/더벅머리 사나이에 상처를 주고/너 혼자 미련 없이 떠날 수가 있을까/배신자여 배신자여 사랑의 배신자여"

68 당신은 언제나 내 마음에 있어요

Maybe I didn't treat you
Quite as good as I should have.
Maybe I didn't love you
Quite as often as I could have.
Little things I should have said and done
I just never took the time.

You'll always on my mind
You'll always on my mind

아마 당신에게 잘해주지 못했나 봐요
내가 했어야 하는 만큼 그렇게 좋게는요
아마 내가 당신을 사랑하지 않았나 봐요
내가 했어야 하는 만큼 그렇게 자주는요
내가 말했어야 하고 실천했어야만 하던 작은 일들
나는 전혀 시간을 내지 못했어요

당신은 언제나 내 마음에 있어요
당신은 언제나 내 마음에 있어요

엘비스 프레슬리의 〈Always On My Mind〉

이기적인 남자들이 무관심과 무감각으로 연인을 잃어버린 후 내뱉는 상투적인 변명이지만, 엘비스 프레슬리는 하늘이 준 음성으로 애절하게 자책의 메시지를 던진다. 한 번 더 기회를 달라고 호소하는 대목에선 괜히 거들고 싶고, 기회를 더 주지 않으면 나쁜 여자라고 말하고 싶은 마음마저 생겨난다. "있을 때 잘해"는 동서고금을 막론하고 통용되는 사랑의 철칙이라는 걸 어찌 부정하랴. 당신은 언제나 내 마음에 있다는 말로는 부족하다. 사랑을 마음에만 담아둘 것이 아니라, 그 마음을 몸으로 표현하고 실천하겠다는 의지를 드러내야 하지 않을까. 아무래도 노래의 그녀는 돌아오지 않았을 것 같다.

69

당신의 일부면 무엇이든

I kept the ribbon from your hair
A breath of perfume lingers there
It helps to cheer me when I'm blue
Anything that's part of you.
......
No reason left for me to live
What can I take? What can I give?
When I'd give all to someone new
For anything that's part of you.

나는 당신 머리에 있던 리본을 간직하고 있어요
거기엔 당신 향기가 남아 있어요
내가 우울할 때 그 리본이 격려해주어요
당신의 일부분이면 어떤 것이든지요
......
내가 살아갈 아무런 이유도 없어요
내가 새로운 사람에게 모든 것을 다 줄 때
내가 무엇을 얻을 수 있나요? 무엇을 줄 수 있나요?
무엇이든 당신의 일부분이면 어떤 것이든지요

엘비스 프레슬리의 〈Anything That's Part of You〉

당신의 일부분이라면 어떤 것에든 매달린다니, 엘비스 프레슬리는 변태인가? 그렇게까지 생각할 필요는 없겠다. 그녀가 없다면 살아갈 아무런 이유도 없다는 사람이 아닌가 말이다. 그러나 이런 강한 집착이 오히려 이성을 더 멀어지게 만든다. 엘비스가 불러서 애절하게 또는 멋지게 들릴 뿐, 이미 마음이 떠난 연인은 상대의 집착을 반기지 않을 뿐만 아니라 혐오하거나 두려워한다. 절제는 사랑에서도 미덕인가?

70

당신은 오늘밤 외로운가요

Are you lonesome tonight?
Do you miss me tonight?
Are you sorry we drifted apart?
Does your memory stray to the bright summer days
When I kissed you and called your sweetheart?

당신은 오늘 밤 외로운가요
오늘 밤 나를 그리워하나요
우리가 헤어진 것이 슬픈가요
내가 당신에게 입 맞추고 애인이라 부를 때
당신의 추억이 그 밝은 여름날들을 더듬고 있나요

엘비스 프레슬리의 〈Are You Lonesome Tonight〉

밤과 외로움. 낮에도 외로울 수 있지만, 다른 사람과의 접촉이 어려워지는 밤엔 더욱 외로워진다. 엘비스 프레슬리 같은 사랑의 선수들은 그 점을 놓치지 않고 공략한다. 사랑을 고백하기에 적합한 때와 장소가 있듯이, 헤어진 연인의 마음을 되돌리려는 시도에 적합한 때와 장소도 있는 법이다. "그대여, 말해봐요. 당신은 오늘밤 외로운가요?" 자꾸 그렇게 몰아붙이면 헤어진 연인이 돌아오는 것도 괜찮겠다는 생각을 할 법도 하다. 우리 모두 헤어진 연인에게 메일, 메시지 공세를 퍼붓자. "그대여, 말해봐요. 당신은 오늘밤 외로운가요?"

빗속에서 우는 파란 눈

In the twilight glow I see
Blue eyes crying in the rain
When we kissed goodbye and parted
I knew we'd never meet again.

어스름한 빛 속에서 나는 보았어요
빗속에서 우는 파란 눈을요
우리가 작별의 키스를 하고 헤어질 때
우리가 다시 만나지 못할 걸 나는 알았어요

올리비아 뉴튼 존의 〈Blue Eyes Crying in the Rain〉

사랑하는 사람을 그리워할 때 가장 많이 언급되는 신체 부위는 바로 눈이다. 파란 눈이든 검은 눈이든 눈만큼 사랑의 감정을 강하게 불러일으키는 건 없다. 사랑하는 대상의 눈은 늘 깊고 오묘하다. 그 눈은 사랑하는 주체의 마음과 생각이 비치는 거울이기 때문이다. 프랑스 철학자 사르트르는 인간은 사랑을 할 때 연인에게서 주체성을 되돌려 받기를 원한다고 주장했다. 그 주체성이라는 건 타인의 객체화하는 시선에 의해 자기에게서 빠져나간 것이었다나. 뭐 그리 어렵게 이야기할 필요가 있을까. 사랑하는 사람의 눈을 보고 눈을 생각해보라. 그 순간 나의 주체성은 너무나 흘러넘쳐 그 눈을 내 것으로 만들고야 만다.

잘 가요, 내 사랑

Bye bye love	잘 가요, 사랑이여
Bye bye happiness	잘 가요, 행복이여
Hello loneliness	이봐요, 외로움이여
I think I'm gonna cry	내 생각엔 내가 울 것 같아요
Bye bye love	잘 가요, 사랑이여
Bye bye sweet caress	잘 가요, 그대여
Hello emptiness	이봐요, 공허감이여
I feel like I could die	내 느낌엔 내가 죽을 것 같아요
Bye bye my love, goodbye	잘 가요, 내 사랑이여, 안녕히

에벌리 브라더스의 〈Bye Bye Love〉

이별을 묘사한 노래들이 다 그렇듯이, 이 노래 역시 울 것 같고 죽을 것 같다고 하소
연하지만, 그래도 끝은 비교적 쿨하다. 스스로 자유스럽다고 선언하지 않는가. 헤어
진 연인에게 행복하라는 등 주제넘은 허세를 부리지 않는 것도 좋다. 그래서 바이 바
이를 외치면서도 경쾌하다. 그래, 아무리 사랑했어도 가는 사랑 붙잡진 말자. 스스로
그렇게 다짐하기 위해 애써 경쾌해질 필요가 있다.

73

나는 빗속에서 울 거예요

I'll never let you see
The way my broken heart is hurtin' me
I've got my pride and
I know how to hide
All my sorrow and pain.
I'll do my crying in the rain,

당신이 보지 못하게 할 거예요
마음의 상처가 나를 아프게 하는 것을요
나에겐 자존심이 있고
모든 나의 슬픔과 고통을
감추는 방법을 나는 알아요
나는 빗속에서 울 거예요

에벌리 브라더스의 〈Crying in the Rain〉

실연의 상처를 입은 사람이라면 누구든 공감할 수 있는 노래다. 비록 빗속에서 울지 않고 그녀의 앞에서
눈물을 보였을지라도 그건 결코 원하는 바가 아니었으리라. 사나이 자존심, 그게 밥 먹여주는 건 아니지
만, 그마저 지키지 못한다면 더욱 비참해질 게 아닌가. 그래, 눈물 많은 사내들이여, 이별을 예감하거들
랑 비 오는 날을 택할지어다. 눈물을 감출 수 있을 테니.

74 사랑은 고통이라지만

Where there is love, there is pain.

사랑 있는 곳에 고통이 있다. (속담)

It is better to have loved and lost,
than not to have loved at all.

사랑을 아예 하지 않는 것보다는
사랑하고 고통 받는 게 나은 법. (앨프리드 테니슨)

사랑의 고통을 말하는 속담이 많다. 그럼에도 우리는 주저 없이 그 고통 속으로 뛰어든다. 테니슨 경의 말마따나 "사랑을 아예 하지 않는 것보다는 사랑하고 고통 받는 게 낫다"는 이유 때문이리라. 그래서 '사랑은 달콤한 고문' 이라는 속담도 생겨난 게 아니겠는가. 그러나 처음부터 고통을 예감하면서 사랑을 하는 건 아니다. 고통은 나중에 찾아온다. 뜨거운 감정을 발산한 대가로 찾아오는 것이다. 고통 없는 삶은 가능하지 않음에도 살고 싶어 하듯, 우리는 늘 사랑을 향해 질주한다. 사랑은 삶이다.

아직도 의심할 건가요

We can't go on together
With suspicious minds
And we can't build our dreams
On suspicious minds
......
Oh let our love survive
Or dry the tears from your eyes
Let's don't let a good thing die

우리는 의심스런 마음으로
함께 갈 수 없어요
그리고 의심스런 마음으로
우리 꿈을 만들어갈 수 없어요
......
오, 우리 사랑이 살아남게 해요
오, 내 눈의 눈물을 닦아주어요
좋은 것이 사라지지 않게 해요

엘비스 프레슬리의 〈Suspicious Minds〉

엘비스 프레슬리는 "난 결코 당신에게 거짓말을 하지 않았어요"라고 애절하게 호소하지만, 제3자의 입장에서도 의심스런 마음을 거두기가 어렵다. 연인들 사이에서 자주 벌어지는 이른바 '의심 전쟁'은 보통 "왜 날 믿지 못하느냐"와 "의심받을 일을 하지 않으면 될 것 아니냐"라며 평행선을 달리곤 한다. 엘비스는 의심스런 마음으론 우리의 꿈을 만들어갈 수 없다고 했지만, 꼭 그렇지만은 않다. 적당한 의심, 그것은 사랑을 불타오르게 하는 묘약이기도 하다.

당신이 없으면 세상은 끝이에요

Why does the sun go on shining?
Why does the sea rush to shore?
Don't they know it's the end of the world?
'Cause you don't love me anymore.

Why do the birds go on singing?
Why do the stars glow above?
Don't they know it's the end of the world?
It ended when I lost your love.

왜 태양은 계속해서 빛나고 있나요
왜 바닷물은 해변으로 몰려오나요
그들은 이제 세상이 끝난 걸 모르나요
왜냐면, 당신이 나를 더 이상 사랑하지 않으니까요

왜 새들은 계속해서 지저귀나요
왜 별들은 하늘에서 빛나고 있나요
이제 세상이 끝난 걸 모르나요
내가 당신의 사랑을 잃었을 때 이 세상은 끝이에요

스키터 데이비스의 〈End of the World〉

내 사랑이 끝났다고 해서 태양이 여전히 빛나고 밀물이 해변으로 밀려드는 걸 문제 삼다니 이만저만한 나르시시즘이 아니다. 그러나 말이다. 사랑의 끝을 겪은 사람들이여. 사랑이 끝난 걸 안 순간, 세상이 너무도 평온하고 변함 없는 것에 대해 그 어떤 의아함과 더불어 배신감을 느껴본 적이 없는가. 사랑의 나르시시즘은 용서받을 수 있는 나르시시즘이다.

77
나는 평생 내 사랑을 느낄 거예요

Feelings, nothing more than feelings
Trying forget my feelings of love
Teardrops rolling down on my face
Trying to forget my feelings of love

느낌, 느낌 이외엔 아무것도 아니에요
내 사랑의 감정을 잊으려 노력해보아도
얼굴엔 눈물이 흘러요
사랑하는 느낌을 잊으려 노력해보아도

모리스 알버트의 〈Feelings〉

자위일망정 사랑의 본질을 느낌에서 찾다니, 참으로 슬기로운 해법이다. 그래 까짓것 헤어지면 어떤가. 당신을 내 품에 안고 있다고 느끼면서 평생 사랑의 감정을 느끼면 되는 일 아닌가 말이다. 그런데 그런 결의를 다지는 모리스 알버트의 음성은 왜 이리도 구슬프단 말인가. 필링만으론 해결될 수 없는, 아니 지속될 수 없는 그 무엇이 있기 때문이 아닐까?

78

내일에 대해 이야기하지 마세요

I'll get along
You'll find another
And I'll be here
If you should find you ever need me.
Don't say a word about tomorrow or forever
There'll be time enough for sadness
When you leave me

나는 살아갈 거예요
당신은 또다른 사람을 찾을 거예요
그리고 당신이 날 필요로 한다면
나는 여기 있을 거예요
내일이나 영원에 대해서 이야기하지 마세요
당신이 나를 남겨두고 떠날 때에
슬퍼할 시간이 충분히 있어요

크리스 크리스토퍼슨의 〈For the Good Time〉

꼭 울부짖는다고 해서 슬픔이 더 강해지는 건 아니다. 이별을 앞둔 크리스 크리스토퍼슨은 점잖게 여유를 보이면서 슬퍼하지 말자고 말한다. 그래서 더욱 슬프다. 허세인가? 당신은 또다른 사람을 찾을 거라면서도 당신이 날 필요로 한다면 나는 여기 있을 거라니, 이게 웬말인가. 내일이나 영원에 대해서 이야기하지 말자니, 사람 일을 어찌 알겠느냐는 뜻일까. 아니면 이별하든 안 하든 좋은 시절을 위해서라도 피차 의연해지자는 걸까. 그래도 이별은 이별이니, 슬픔을 억누르려는 그 모습이 보기에 더욱 안쓰럽다.

당신이 지나갈 때마다 나는 산산이 부서져요

I fall to pieces
Each time I see you again
I fall to pieces
How can I be just your friend?
You want me to act like we've never kissed
You want me to forget pretend we've never met
And I've tried and I've tried but I haven't yet
You walk by and I fall to pieces

나는 산산이 부서져요, 당신을 다시 볼 때마다
나는 산산이 부서져요, 어떻게 당신 친구가 될 수 있나요
당신은 우리가 전혀 키스하지 않은 것처럼 내가 행동하길 원해요
당신은 내가 잊기를 원해요, 우리가 전혀 만나지 않는 것처럼 행동해요
그리고 나는 여러 번 시도해보지만, 나는 아직 당신을 잊지 못해요
당신이 지나가요, 그리고 나는 산산히 부서져요

팻시 클라인의 〈I Fall to Pieces〉

팻시 클라인은 늘 남자를 갈구하고 남자 때문에 속 태우는 여자들을 대변하기로 작정한 걸까? 당신을 볼 때마다 당신이 지나갈 때마다 산산이 부서진다니 이 노릇을 어쩌란 말인가. 하긴 비슷한 경험을 해본 이들이 있을 게다. 사랑하는 사람의 무심한 시선과 스쳐 지나감을 느끼면서 내 속에서 그 무엇인가가 무너져 내리는 듯한 느낌. 아, 그 느낌을 어찌 말로 표현할 수 있겠는가.

80 이제 당신은 내게 아무 상관 없어요

There you go and baby here am I
Well you left me here so I could sit and cry
Golly gee what have you done to me
Well I guess it doesn't matter anymore

Do you remember baby last September
How you held me tight each and every night
Whoopsa daisy how you drove me crazy
But I guess it doesn't matter anymore

당신이 저기 가고 나는 여기 있어요
당신이 여기에 나를 두고 떠나서 나는 앉아서 울고 있어요
당신이 내게 무얼 했나요
음, 이젠 더 이상 아무 상관 없다고 나는 생각해요

당신은 지난 9월을 기억하나요
매일 밤 나를 얼마나 꼭 껴안았는지를 기억해요
이크, 당신이 나를 얼마나 미치게 만들었는지를 기억해요
그러나 이젠 더 이상 아무 상관 없다고 나는 생각해요

버디 홀리의 〈It Doesn't Matter Any More〉

그래, 헤어질 땐 이렇게 쿨해지는 것도 좋을 것 같다. 버디 홀리의 목소리도 모처럼 깔끔하게 들린다. '없으면 보고 싶어진다'는 말도 있지만, '안 보면 멀어진다'는 말도 있다. 어느 쪽을 믿어야 할 것인가? 마음먹기 나름이다. 옛말에도 있지 않은가, 가는 사람 잡지 말고 오는 사람 막지 말자.

Oh oh! Yea, yea!
I miss you every single day
Why must my life be filled with sorrow?
Oh, love you more than I can say

Don't you know I need you so?
Tell me please I gotta know,
Do you mean to make me cry?
Am I just another guy?

81 말로 하는 것보다
당신을 더 사랑해요

오, 오, 예, 예!
매일 매일 당신을 그리워해요
내 인생은 왜 슬픔으로 채워져야만 하나요
오, 내가 말로 하는 것보다 당신을 더 사랑해요

내가 당신을 그토록 원하는지 모르시나요
제발 내게 말해줘요, 내가 알아야 해요
당신은 나를 정말 울게 할 건가요
나는 그저 또다른 남자인가요

리오 세이어의 〈More Than I Can Say〉

말주변 없는 남자들의 고통 또는 억울함을 대변하기 위한 노래인가? 아니다. 그어떤 달변가도 자신의 사랑을 말로 표현할 수 있을 만큼 달변가일 수는 없다. 모든 사랑은 말 이상의 것이다. 나는 그저 또다른 남자(여자)인가요? 사랑에 빠진 모든 이들을 엄습하는 의문이다.

제발 나를 놓아주세요

Please release me, let me go.
For I don't love you anymore.
To waste our lives would be a sin
Release me and let me love again.

제발 나를 놓아주세요. 내가 가게 해주세요
왜냐하면 나는 당신을 더 이상 사랑하지 않으니
우리들 인생을 낭비하는 것은 죄나 다름없어요
나를 놓아주세요, 그리고 내가 다시 사랑하게 해주세요

잉글버트 험퍼딩크의 〈Release Me〉

체 게바라는 혁명 투쟁의 와중에 아내를 내팽개치고 딴 여자와 새로운 가정을 꾸렸다. 그러고선 이런 변명을 내놓았다. "남자가 한평생 한 여자하고만 살아야 한다고 어느 누구도 정해놓은 바 없다." 차라리 험퍼딩크의 이런 방식이 어떨까? 많은 사랑 노래가 자신을 사랑해 달라고 버리지 말라고 애절하게 호소하는 것과는 달리 이 노래는 자신을 놓아 달라고 호소하니 참으로 이색적이다. 아니 사랑을 붙들려는 노래에 대한 답가라고 해도 좋겠다. 배신에 대한 변명을 읍소 형식으로 했다고 할까.

83

당신이 없기 때문이에요

I don't have plans and schemes
And I don't have hopes and dreams
I don't have anything
Since I don't have you

And I don't have fun desires
And I don't have happy hours
I don't have anything
Since I don't have you

어떤 계획도 없어요
희망과 꿈도 없어요
나는 아무것도 없어요
왜냐하면 당신이 없기 때문이에요

즐거운 욕망도 없어요
행복한 시간도 없어요
나는 아무것도 없어요
왜냐하면 당신이 없기 때문이에요

돈 맥클린의 〈Since I Don't Have You〉

사랑을 잃지 않기 위한, 이른바 '폐인 선언'이다. 일종의 자해 수법이라고 해도 좋겠다. 당신이 없으면 내겐 계획, 희망, 꿈, 욕망, 행복 등 모든 게 없어지니 알아서 하라고 협박하는 셈이다. 이런 협박을 듣고 그녀는 다시 돌아올까? 현실에선 가능성이 매우 희박하지만, 돈 맥클린에겐 그런 행운이 있기를 빌어주자.

84 태양 아래 가장 슬픈 것

And the saddest thing
under the sun above is to say goodbye
to the ones you love

No I will not weep
nor make a scene
I'm gonna say thank you life
for having been

태양 아래 가장 슬픈 것은
당신이 사랑하는 사람에게
작별인사를 하는 것입니다

아니에요, 나는 울거나
소란을 떨지 않을 거예요
단지, 당신에게 감사하다 말할래요
같이 해온 삶에 대해서요

멜라니 사프카의 〈The Saddest Thing〉

멜라니 사프카는 "태양 아래 가장 슬프고 힘든 것이 사랑하는 사람에게 작별인사를 하는 것"이라고 말한다. 그런데 그런 슬픔 속에서도 울거나 소란을 떨지 않고 오히려 함께 지낸 삶에 대해서 감사한 마음을 가지려 한다. 이 노래를 들을 때마다 "죽어도 아니 눈물 흘리오리다" 하고 맺어지는 김소월의 시 「진달래꽃」이 연상되는 것은 사랑하는 사람을 보내는 방법이 같아서인지도 모르겠다. 멜라니가 보내는 사람이 "나 보기가 역겨워" 가시는 사람인지는 알 바가 없지만……

잊지 말고 기억하세요

Don't forget to remember me
And the love that used to be
I still remember you, I love you
In my heart lies a memory
To tell the stars above
Don't forget to remember me, my love

나를 잊지 말아주세요
그리고 우리의 사랑을 잊지 마세요
나는 아직 당신을 기억해요. 당신을 사랑해요
내 마음에 추억이 남아 있어요
별들에게 들려줄 만한 추억이지요
나를 잊지 말아주세요, 내 사랑이여

비지스의 〈Don't Forget to Remember〉

기억이란 과연 무엇일까? 그게 무엇이기에 사랑을 잃은 연인들은 한결같이 자신을 기억만이라도 해 달라며 울부짖는 것일까? 기억을 해주면 도대체 무엇이 달라지기에? 인도 사상가 크리슈나무르티는 새로운 경험을 몰아내고 낡은 기억만을 갖게 되는 걸 막기 위해선 '사실적 기억' 과는 다른 '심리적 기억' 을 포기해야 한다고 말한다. 그러나 사실적 기억 따위는 중요하지 않다. 내 마음대로 해석할 수 있는 심리적 기억은 자신을 잊지 말아 달라고 외치는 모든 연인의 한결같은 소망이리라.

86

왜 떠나야만 했나요

Why she had to go, I don't know
She wouldn't say
I said something wrong
Now I long for yesterday
Yesterday
Love was such an easy game to play
Now I need a place to hide away
Oh, I believe in yesterday

그녀는 왜 떠나야만 했나요? 나는 모르겠어요
그녀는 말하지 않을 거예요
내가 뭔가 말을 잘못했나 봐요
이제 나는 지난날이 무척 그리워져요
지난날
사랑은 그런 쉬운 게임인 줄 알았는데
나는 이제 내 자신을 숨길 곳이 필요해요
오, 나는 그때가 좋았어요

비틀스의 〈Yesterday〉

가사에 담긴 깊고 세련된 아름다움과 농축된 서정성, 그리고 편곡의 미학을 명백하게 보여준 이 곡은 2500번 이상 리메이크되어 대중음악 사상 최고의 레코딩 기록을 가지고 있음은 물론 지금도 전 세계에서 가장 많이 불리는 음악 가운데 하나로 남아 있다. 감상적인 폴 매카트니의 목소리와 아련히 떠오르는 현악 오케스트레이션의 울림은 듣는 이에게 더할 수 없는 감흥을 주며 음악사에 길이 남을 고전으로 그 가치를 인정받고 있다. 이 곡으로 비틀스는 젊은 혈기로 뭉친 로큰롤 밴드 또는 유행을 창조하는 아이돌 스타에서 한층 성숙되고 깊이 있는 내면을 표출하는 아티스트의 길로 접어들게 되었다고 할 수 있다. 사랑이란 그저 그런 남들이 하는 쉬운 것인 줄 알았는데, 그게 아니란 걸 알았을 땐 사랑은 이미 떠나고 없는 법. 사랑의 열병을 앓았던 사람치고 회한의 음성으로 〈Yesterday〉를 음미하고 싶지 않은 사람이 얼마나 되랴.

Darling, please don't hurt me,
Please, don't make me cry,
I don't know what I'd do
If you'd ever say goodbye
Remember I love you so much
And love's life's greatest joy,
Please don't break my heart
Like a child breaks a little toy

87 당신을 사랑하는 마음에
상처를 주지 마세요

그대여, 제발 상처를 주지 마세요
제발 나를 울리지 마세요
만일 당신이 작별인사를 하면
내가 무얼 해야 할지 모르겠어요
내가 당신을 그토록 사랑한 것을 기억하세요
사랑은 인생 최고의 기쁨인 것도 기억하세요
어린아이가 장난감을 부수듯이
제발 내 마음에 상처를 주지 마세요

코니 프란시스의 〈Don't Break the Heart That Loves You〉

누군들 상처를 주고 싶어서 주겠는가. 진실은 상처를 주는 경우가 많다. 차라리 진실을 모르고 넘어
가길 바라는 경우가 더 많다고 해도 과언이 아니다. 진실을 외면할 것인가? 상처를 넘어설 것인가? 여
성학자 정희진은 "예전엔 상처받은 사람은 언제나 '약자'이거나 더 사랑하는 사람이라고 생각했지
만 이제 달라요. 상처는 깨달음의 쾌락과 배움에 지불하는 당연한 대가이고, 안다는 것은 곧 상처받
는 일이어야 한다고 생각해요"라고 말한다. 그럼에도 여전히 딜레마다. 자신의 마음에 상처를 주지
말라고 애걸하는 연인 앞에선 말이다. 당신이라면 어떤 선택을 할 것인가?

88 다시는 사랑에 빠지지 않을 거예요

Fall in love, I'm never gonna fall in love
I mean it
Fall in love again

All those things I heard about you
I thought they were only lies
But when I caught you in his arms
I just broke down and cried
And it looks like
I'm never gonna fall in love again

나는 결코 사랑에 빠지지 않을 거예요
정말이에요
사랑에 다시 빠지지 않을 거예요

당신에 관해 들은 모든 것
나는 그것들이 모두 거짓말이라 생각했어요
하지만 당신이 그의 팔에 안긴 걸 보았을 때
나는 무너져 내려서 울었어요
아마도 나는
다시는 사랑에 빠지지 않을 거예요

톰 존스의 〈I'll Never Fall In Love〉

일찍이 마키아벨리는 "인간은 자기가 두려워하는 자보다 사랑하는 자를 더 쉽게 배반한다. 자기의 이해관계 앞에서 언제나 서슴없이 의리와 기반을 끊어버리기 때문이다"라고 말했다. 왜 유독 사랑하는 남녀 사이에 배신이 많은지를 잘 설명해주는 말이라 하겠다. 다시는 사랑에 빠지지 않을 거예요. 배신의 상처를 받은 이들이 한결같이 다짐하는 말이다. 그러나 누굴 위해서 그렇게 해야 한단 말인가? 나를 배신한 사람을 위해서? 아니면 나를 위해서? '자라 보고 놀란 가슴 솥뚜껑 보고 놀란다'는 속담의 의미를 잘 음미해보는 게 어떨까?

'당신을 사랑하기 때문에 떠난다' 는 말이 한국에만 있는 줄 알았는데, 사랑의 감정은 역시 만국 공용어라는 걸 실감케 해주는 노래다. 그런데 의문은 여전하다. 이는 이타적인 사랑인가, 이기적인 사랑인가? 제 능력으로 감당할 수 없는 연인과의 사랑을 지속하면 파탄에 이를 가능성이 높다. 그

당신을 사랑하기 때문에 떠나요

I know I'd only hurt you
I know I'd only make you cry
I'm not the one you're needing
I love you, goodbye

I hope someday you can
Find some way to understand
I'm only doing this for you
I don't really wanna go
But deep in my heart I know
This is the kindest thing to do

내가 당신에게 상처만 준 것을 알아요
당신을 울게만 한 것을 알아요
나는 당신이 필요로 하는 사람이 아니에요
나는 당신을 사랑해요, 안녕히 계세요

언젠가 당신이 이해할 길을
찾을 수 있기를 나는 바래요
당신을 위해서 이렇게 해요
정말로 떠나고 싶지 않아요
하지만 내 마음 깊숙이 난 알아요
이것이 가장 친절한 일이란 것을

바라트 와의 〈I Love You, Goodbye〉

90

단지 숨 쉴 때 아플 뿐이에요

Hope life's been good to you
since you've been gone
I'm doin' fine now—I've finally moved on
It's not so bad—I'm not that sad
......

And it only hurts when I'm breathing
My heart only breaks when it's beating
My dreams only die when I'm dreaming
So, I hold my breath—to forget

당신에게 모든 게 잘되길 바래요
당신이 떠나간 이후로
이제 나는 잘 지내요, 마침내 나는 살아가요
그렇게 나쁘지 않았어요, 그렇게 슬프지 않았어요
......

단지 숨 쉴 때 아플 뿐이에요
심장이 박동할 때 내 마음이 아플 뿐이에요
내가 꿈을 꿀 때 내 꿈이 사라질 뿐이에요
그래서 나는 숨을 멈추어요, 잊기 위해서

샤니아 트웨인의 〈It Only Hurts When I'm Breathing〉

참으로 무서운 말이다. 이별 후 잘 지내고 있다며 여유만만한 자세를 보이더니만 단지 숨 쉴 때 아플 뿐이라니, 그리곤 잊기 위해 숨을 멈춘다니, 이게 웬 말인가. 떠나간 남자가 돌아오지 않았다간 아무래도 사람 잡을 것 같다.

모든 사람이 그 누군가의 바보예요

The tears I cried for you, could fill an ocean
But you don't care how many tears I cried
And though you only lead me on and hurt me
I couldn't bring myself to say goodbye

'Cause everybody's somebody's fool
Everybody's somebody's plaything
And there are no exceptions to the rule
Yes, everybody's somebody's fool

내가 울며 흘리는 눈물은 바다를 채울 수 있었을 거예요
하지만 얼마나 많은 눈물을 흘리는지 당신은 관심 없어요
당신은 나를 속이며 내게 상처를 주었어요
나 스스로 작별인사를 할 수 없었어요

왜냐하면, 모든 사람이 그 누군가의 바보이기 때문이죠
모든 사람이 그 누군가의 놀잇감이죠
그리고 그 규칙에는 예외가 없어요
예, 모든 사람이 그 누군가의 바보예요

코니 프란시스의 〈Everybody's Somebody's Fool〉

사랑에 빠지면 바보가 되는 법이다. 결코 바보가 된 적이 없다고 자랑할 일은 아니다. 사랑을 한 적이 없다고 실토하는 것과 다를 바 없기 때문이다. 하지만 바보가 되는 데에도 정도가 있기 마련이다. 날 속이며 내게 상처를 주는 사람에게까지계속 바보가 되어야 하는가? 코니 프란시스는 그런 바보 노릇마저 사랑의 규칙이라고 주장하지만, 고개를 갸우뚱거릴 다른 바보들도 많을 것이다.

92 당신 없이는 살 수 없어요

No, I can't forget tomorrow,
When I think of all my sorrow,
When I had you there
but then I let you go.
And now it's only fair
that I should let you know
What you should know

I can't live, if living is without you.
I can't give, I can't give any more.
Can't live, if living is without you.
Can't give, I can't give any more.

안 돼요, 당신이 떠나고 없을 내일을 생각하니
나는 슬픈 눈물이 앞서요
나 보기가 역거워 가실 때에는
말없이 고이 보내 드리지요
이제서야,
(헤어지기 전에) 당신에게
꼭 하고 싶던 말을 하겠어요

당신 없이는 살 수 없어요
나는 더 이상 베풀 수 없어요
당신 없이는 살 수 없어요
나는 더 이상 베풀 수 없어요

머라이어 캐리의 〈Without You〉

'사랑은 홍역과 같아 늦게 올수록 좋지 않다' 는 말이 실감이 난다. 당신 없이는 살 수 없다고 울부짖는 나이는 어릴수록
좋지 않을까. 물론 노년에도 뜨거운 사랑은 얼마든지 가능할 것이나 할아버지 할머니가 그렇게 울부짖는 모습을 보는
건 어째 좀 그렇다. 나이에 대한 편견인가?

가슴 아픈 이야기가 아닐 수 없다. 사랑하는 여자의 현재와 미래는 다른 남자에게 넘겨주고 그녀의 과거만 갖고 있는 남자. 그에게 "지난 일은 잊어버려요" 해야 할까? 우리가 이별 후 연인의 사진과 편지를 찢거나 불태우는 건 바로 그 때문이리라. 그러나 돈 맥클린이 그녀의 사진과 편지를 없애긴 어려울 것 같다는 예감이 든다.

93 그 남자가
당신의 사랑을 차지했어요

I've got your pictures
That you gave to me.
And it's still looks the same,
As when you gave it, dear.
Only thing different,
The only thing new
I've got your picture
He's got you

나는 당신 사진을 갖고 있어요
당신이 준 것이죠
그 사진은 아직도 똑같이 보여요
당신이 그걸 주었을 때처럼
단 하나 다른 것은
단 하나 새로운 것은
나는 당신 사진을 갖고 있고
그 남자가 당신의 사랑을 차지했어요

돈 맥클린의 〈He's Got You〉

배신이 그렇게 쉬운가요? 부드럽지만 선지자의 자세로 말하는 경고 또는 위협이다. 날 속이지 말라고. 그러나 누군 속이고 싶어서 속이겠는가. 그럼 마음이 자신조차 어쩔 수 없는, 본능에 가까운 부름에 따른 것이라면 어쩌겠는가. 사랑의 세계에서 자주 빚어지는 비극의 한 장면이다.

94 배신이 그렇게 쉬운가요

Your cheatin' heart will make you weep
You'll cry and cry and try to sleep
But sleep won't come the whole night through
Your cheatin' heart will tell on you

When tears come down like falling rain
You'll toss around and call my name
You'll walk the floor the way I do
Your cheatin' heart will tell on you

당신의 속이는 마음은 당신을 울게 할 거예요
당신은 울고 울다가 잠들게 될 거예요
하지만 온밤을 편하게 잠들지 못할 거예요
당신의 속이는 마음이 당신에게 말할 거예요

눈물이 비처럼 흘러내릴 때에
당신은 마음이 어지러워져 내 이름을 부를 거예요
내가 하는 것처럼 당신은 방 안에서 서성거릴 거예요
당신의 속이는 마음이 당신에게 말할 거예요

돈 맥클린의 〈Your Cheatin' Heart〉

95

혼자서 울고 또 울었어요

I was all right for a while
I could smile for a while
But when I saw you last night
you held my hand so tight
when you stopped to say "Hello"
And though you wished me well,
you couldn't tell

That I've been
crying over you,
crying over you

잠시 괜찮았어요
나는 잠시 미소지을 수 있었어요
그러나 내가 어제 당신 만났을 때
당신은 인사하려고 멈추면서
내 손을 꼭 잡았지요
당신은 내가 잘 지내기를 기원했지만
당신은 알 수 없었지요
내가
당신을 생각하며 울고 지낸 것을요
당신을 생각하며 울고 지낸 것을요

돈 맥클린의 〈Crying〉

"오줌을 눌 때는 바짝 다가서거라. 남자가 흘리지 말아야 될 것이 눈물만 있는 것은 아니다." 2002년 인터넷에서 화제를 모은 '아버지가 아들에게 보내는 26가지 삶의 지혜' 가운데 하나다. 유머에서조차 눈물은 남자의 금기로 간주된다. 왜 그래야 한단 말인가? 울자. 마음껏 울자. 이별을 통고하는 그녀의 손을 잡지 않더라도 그녀의 그런 눈만을 보고서도 울음은 터져나올 것이다.

96 일요일은 우울해요

Sunday is gloomy
with shadows I spend it all
My heart and I have
decided to end it all
Soon there'll be flowers
and prayers that are sad,
I know, let them not weep,
let them know
that I'm glad to go

Death is no dream,
for in death I'm caressing you
With the last breath of my
soul I'll be blessing you

내가 보낸 모든 어둠의 그림자들과 함께
일요일은 우울해요
내 마음과 나는 모든 걸
끝내려고 결정해야 해요
곧 말한 대로 꽃과
기도가 있을 거예요
나는 알아요, 그들이 울지 말게 하세요
내가 가는 게 기쁘다고
사람들에게 알리세요

죽음은 꿈이 아니에요
왜냐면, 죽음에서 나는 당신을 애무하니까요
나의 영혼의 마지막 숨으로
나는 당신을 축복할 거예요

사라 맥라클란의 〈Gloomy Sunday〉

영혼의 마지막 숨으로 축복하겠다니, 섬뜩해진다. 곡조가 이상하게 사람을 붙잡아 매며 가사 또한 이상하게도 죽음에 대한 그리움을 갖게 한다. 이 노래가 바로 그 유명한 헝가리의 '자살의 찬가'다. 이 악명 높은 '자살곡(Suicide Song)'은 1933년에 쓰여졌다. 이 곡이 아티 쇼(1940)와 빌리 홀리데이(1941)에 의해 발매되어 점점 더 유행하게 되었고 이 음악의 후유증을 우려한 나머지 주요 방송국의 방송 목록에서 삭제되고 금지곡이 된다. 이런 공중파 방송 금지에도 불구하고 지속적으로 레코딩되어 발매되었다. 사람들은 계속해서 음반을 샀고 자살을 하는 사람들도 있었다. 이 곡의 원작자 레조 세레스는 1968년에 자기 집 지붕에서 투신자살했다.

한 여인을 둘러싸고 벌어지는, 불꽃이 튀는 사랑의 대결 장면이다. 과연 그가 가야만 하는가? 그러나 그건 짐 리브스의 생각일 뿐이다. 그녀가 그와 같이 있는 데엔 그만한 이유가 있지 않을까? 그러나 이 노래는 그 점에 대해선 아무 말도 없다. 그저 그가 떠나가야 한다는 일방적 주장만 하고 있을 뿐이다. 사정을 알 것도 같다. 그래서 스키터 데이비스가 〈He'll Have to Stay〉라는 답가를 내놓았다.

97 그가 떠나가야 해요

Put your sweet lips a little closer to the phone.
Let's pretend that we're together all alone.
I'll tell the man to turn the jukebox way down low.
And you can tell your friend there with you He'll have to go.

Whisper to me, tell me do you love me true.
Or is he holding you the way I do?
Tho' love is blind, Make up your mind, I've gotta know.
Should I hang up or will you tell him He'll have to go.

달콤한 당신 입술을 전화기에 좀 더 가까이 대세요
우리 단 둘이 있는 것처럼 하세요
여기 사람에게 주크박스의 볼륨을 아주 낮게 하라고 말할게요
그리고 당신도 함께 있는 당신 남자 친구에게 말할 수 있어요
그가 가야만 될 거라고

속삭여주세요 나를 진실로 사랑한다고 말해주세요
아니면, 나처럼 그이가 당신을 안고 있나요
사랑하면 눈이 멀지만 마음을 결정하세요, 내가 알아야만 해요
전화를 끊을까요? 아니면 당신이 말할래요? 그가 가야만 될 거라고

짐 리브스의 〈He'll Have to Go〉

I'm glad you finally called me on the phone.
I've been waiting here tonight
but not alone.
You broke the date
that we had made just yesterday
Now there's someone else is here,
he'll have to stay.

I have found another love
I know it's true
And he holds me
much more tenderly than you.
Loving you's not worth the price I have to pay.
Someone else is in your place,
he'll have to stay.

당신이 마침내 전화해주어서 기뻐요
오늘밤 나는 여기서 기다렸어요
단, 혼자가 아니에요
당신은 데이트 약속을 어겼어요
우리가 바로 어제 약속한 거죠
이제, 여기에 다른 사람이 있어요
그는 남아 있어야만 될 거예요

나는 다른 사랑을 찾았어요
그 사랑이 진짜라고 생각해요
그리고 그는 나를 안아주어요
당신보다 더욱 상냥하게
당신은 사랑할 만한 가치가 없어요
다른 사람이 당신 자리에 있어요
그는 남아 있어야만 될 거예요

스키터 데이비스의 〈He'll Have to Stay〉

'있을 때 잘해주지' 라는 말은 이래서 나온 것인가? 오직 자기밖에 모르는 이기적 사랑에 대한 경고라 할 수 있겠다. '남자는 욕망하는 상대를 사랑하고 여자는 사랑하는 상대를 욕망한다' 는 말이 있다. 사람은 사람을 사랑하기보다는 자신을 원하는 걸 가진 사람을 사랑하는 경우가 많다. 사랑과 욕망의 변증법에 주목해볼 일이다.

 **당신이 나를 원하길**

Baby, I'd love you to want me
The way that I want you
The way that it should be
Baby, you'd love me to want you
The way that I want to
If you'd only let it be

그대여, 당신이 나를 원하길 바래요
내가 당신을 원하는 것처럼
당연히 그래야 하는 것처럼
당신이 단지 그렇게 할 수만 있다면
내가 당신을 원하는 것처럼, 그대여
당신도 내가 당신을 원하길 바랬으면 좋겠어요

로보의 〈I'd Love You to Want Me〉

내가 당신을 원하듯 당신도 나를 원하길 바란다는 '사랑의 공정성' 원칙은 상식이건만, 이에 의문을 제기하는 사람도 없진 않다. 에리히 프롬은 『사랑의 기술』에서 소외된 구조를 가진 사랑의 가장 중요한 표현 가운데 하나는 '팀' 이라는 관념이라고 주장했다. 특히 결혼의 경우, 부부가 팀이 되어 서로 위로해주고 포용해주는 걸 사랑의 이상으로 여기는 생각이 만연하다는 것이다. 이 경우의 사랑은 고독으로부터의 피난처로 전락해 두 사람은 평생 남남으로 남아 있고 결코 '핵심적 관계' 엔 도달하지 못한단다. 그러면서 프롬은 진정한 사랑을 '하나가 되면서도 둘로 남아 있는 상태' 로 보면서 홀로서기 능력을 키우라고 주문했다. 과연 이 경지에 도달할 수 있는 사람이 얼마나 될까.

100 사랑이 세상을 움직인다

Love makes the world go round.

사랑이 세상을 움직인다. (속담)

쇼펜하우어는 '사랑은 없다' 했지만, 그만큼 사랑을 찬미한 사람도 드물
다. "많은 사람들이 사랑에 목숨을 건 사람들의 위대성을 찬미하고 노래하
고 기리는 이유는 그것이 바로 절대적인 생존 의지를 배경으로 하고 있으
며, 바로 그 뒤에는 인류의 종족 유지라는, 신이 준 절대적인 사명감도 함
께 들어 있기 때문이다. …… 한눈에 반해서 사랑의 눈빛을 주고받는 두 사
람 사이에는 이미 하나의 생명이 미래의 개성으로 작용하고 있는 것이다."
세상을 움직이는 사랑이여.

Singer & Song

Scene

글 · 사진 박충범

대학에서 물리학을 대학원에서 비선형 광학을 공부한 후 대학에서 물리학을 가르치고 레이저 엔지니어로 일했으며
현재 레이저 분야 컨설턴트로 전 세계를 누비고 있다. 미국으로 유학 온 이래 스스로를 위안하기 위해
수만 점의 사진을 찍고 좋아하는 팝송 수천 곡을 번역해서 홈페이지(www.cb26.com)를 꾸려나가고 있다.
사랑에 떨렸고 사랑을 누렸고 사랑의 아픔과 그 긴 그림자에 대해 사색하는 이에게 이 책의 울림이 닿기를 꿈꾼다.

글 강준만

신문방송학을 공부하고서 대학에서 미디어에 대해 가르치면서 왕성하게 책을 써내고 있으며
미국에 교환교수로 머무르는 지금은 40여 년 함께해온 친구와 즐거이 우정을 나누고 있다.
수많은 관점으로 한국을 들여다보는 성실한 관찰자로 소문나 있지만
이번에는 팝송 등을 통해 길러온 감수성을 살려서 사랑에 대한 말을 풀어보았다.
주요 저서로는 『한국 현대사 산책』과 『미국사 산책』 등이 있다.

사 랑 의 명 상

오! 사랑

ⓒ 박충범, 강준만 2011

초판 1쇄 2011년 7월 18일

지은이 | 박충범 · 강준만
펴낸이 | 강준우
책임편집 | 문형숙
표지 · 본문 디자인 | 임현주

기획편집 | 김진원, 심장원, 이동국, 이연희
디자인 | 이은혜 **마케팅** | 박상철, 이태준
관리 | 김수연 **펴낸곳** | 인물과사상사
인쇄 및 제본 | 대정인쇄공사
출판등록 | 제17-204호 1998년 3월 11일
주소 | (121-839) 서울시 마포구 서교동 392-4 삼양빌딩 2층
전화 | 02-325-6364 **팩스** | 02-474-1413
홈페이지 | www.inmul.co.kr | insa@inmul.co.kr
ISBN 978-89-5906-188-4 03810
값 15,000원